일상을 충만하게 채우는 시의 언어들

백 일 의 밤
백 편 의 시

이영주 엮고 씀

뜨인돌

목차

인생이라는 밤을 걷는 이들에게

◆ 내 청춘의 영원한

최승자

이것이 아닌 다른 것을 갖고 싶다.
여기가 아닌 다른 곳으로 가고 싶다.
괴로움
외로움
그리움
내 청춘의 영원한 트라이앵글.

1
일
밤

내가 가진 이것 말고 다른 것. 내가 있는 여기 말고, 다른 곳. 그리고 괴로움과 외로움과 그리움. 이것을 청춘의 힘이라고만 생각했었다. 분명히 청춘을 지나왔는데, 내 청춘은 왜 아직도 끝나지 않았는지? 이번 생에서 청춘의 목록들을 지울 수 있을까? 이곳을 벗어나 다른 곳을 꿈꾸고, 내게 있는 것들 말고 또 다른 세계가 담긴 것들이 있으리라 믿는 것, 그래서 찾아드는 세 '움'의 마음들은 끝나지 않을 것 같다. 아마도 청춘은 마음이기 때문이겠지!

사랑 1

김남주

사랑만이
겨울을 이기고
봄을 기다릴 줄 안다

사랑만이
불모의 땅을 갈아엎어
제 뼈를 갈아 재로 뿌리고

천년을 두고 오늘
봄의 언덕에
한 그루의 나무를 심을 줄 안다

그리고 가실을 끝낸 들에서
사랑만이
인간의 사랑만이
사과 하나 둘로 쪼개
나눠 가질 줄 안다

2
일
밤

인간이 약하기 때문에 사랑한다는 것을 알게 되었다. 사랑의
가능성 때문에 아름답다는 것을 알게 되었다. 그 순간, 세계가
열리고 우리는 깊어졌다.

소년

윤동주

여기저기서 단풍잎 같은 슬픈 가을이 뚝뚝 떨어진다. 단풍잎 떨어져 나온 자리마다 봄을 마련해놓고 나뭇가지 위에 하늘이 펼쳐 있다. 가만히 하늘을 들여다 보려면 눈썹에 파란 물감이 든다. 두 손으로 따뜻한 볼을 쓸어보면 손바닥에도 파란 물감이 묻어난다. 다시 손바닥을 들여다본다. 손금에는 맑은 강물이 흐르고, 맑은 강물이 흐르고, 강물속에는 사랑처럼 슬픈 얼굴 ─ 아름다운 순이順伊의 얼굴이 어린다. 소년少年은 황홀히 눈을 감아 본다. 그래도 맑은 강물은 흘러 사랑처럼 슬픈 얼굴 ─ 아름다운 순이順伊의 얼굴은 어린다.

3
일
밤

시는 마음속에 떠오르는 영상이라는 말이 있다. 현실의 풍경이 언어 안으로 들어와 파노라마처럼 펼쳐질 때, 그 풍경이 현실보다 더욱 아름다운 것은 왜일까. 아마도 시 안에서 새롭게 만들어진 마음의 풍경이기 때문이 아닐까. 소년은 순이에 대한 애틋한 그리움으로 가을과 하늘과 강물을 파란 물감으로 물들이고 있다. 세상의 모든 사물과 풍경의 색깔은 내 마음의 물결에서 시작되는 것. 문득 눈을 감으면 시가 보여주고 있는 애절함과 그리움이 우리를 물들인다. 시에서 새롭게 만들어진 세상의 풍경과 색깔이 우리를 둘러싸고 있는 실제의 풍경보다 더욱 아름다워져 있는 것이다.

자왈

강지혜

최초의 세로

기어이 돌을 뚫고야 마는 직립에의 열망
그 치열함에 대해

여기
처음 꿈을 품은
초록의 얼굴을 보라

그 꿈에게 자리를 내어준 구멍과
그 사이로 흐르는 차가운 바람
바람을 타고 흐르는 시간
시간을 품고 자라는 빛
빛을 삼킨 씨앗 포자 세포 핵 나

나의 처음이 결국 빛이라는 질문에 대해 곱씹으며 자란다 풀
일어선다 가지 엉킨다 너와 껴안는다 내가 기시감이 우리를
구원할 것

"우리 어디서 본 적 있지?"
"엄마, 나무는 뭐야?"

"엄마, 풀은 뭐야?"
"너는 나야"

대답할 수 없는
날들 숱한 날이
세로로 세로로
자란다 뒤엉킨다

낳는다는 행위는 자란다는 형태와 같은가?
자란다는 행위는 거역하는 형태와 같은가?

어머니에게서 내게로 내려온 피 내가 딸에게 준 피 내 딸이 다
시 내게 준 초록 내가 내 어머니에게 준 초록 어머니가 세상에
서 뽑혀 나간 어머니의 어머니에게 준 초록

이 시의 얼굴을 보는 모든 자들이여
일어서라
고개를 들어라
팔을 머리 위로 뻗어라
여기 이 시의 어깨를 보는 자들이여
떨어지는 눈물을
결코 닦지 말자

4
일
밤

피의 붉음이 자연의 생생한 초록으로 바뀌는 순간, 우리를 이어가는 운명의 끈을 생각해본다. 어머니에게서 나에게로, 내게서 딸에게로 이어지는 직립의 아름다운 선언. 너는 나야. 너는 나야.

✳ 밤의 독서

이장욱

나는 깊은 밤에 여러 번 깨어났다. 내가 무엇을 읽은 것 같아서.

나는 저 빈 의자를 읽은 것이 틀림없다. 밤하늘을 읽은 것이 틀림없다. 어긋나는 눈송이들을, 캄캄한 텔레비전을, 먼 데서 잠든 네 꿈을 다 읽어버린 것이

의자의 모양대로 앉아 생각에 잠겼다. 눈발의 격렬한 방향을 끝까지 읽어갔다. 난해하고 아름다운,
텔레비전을 틀자 개그맨들이 와와 웃으며 빙글빙글 돌았다.
나는 잠깐 웃었는데,

무엇이 먼저 나를 슬퍼한 것이 틀림없다. 저 과묵한 의자가, 정지한 눈송이들이, 갑자기 웃음을 멈추고 물끄러미 내 쪽을 바라보는 개그맨들이

틀림없다. 나를 다 읽은 뒤에 탁,
덮어버린 것이,

오늘 하루에는 유령처럼 접힌 부분이 있다. 끝까지 읽히지 않은 문장들의 세계에서

나는 여러 번 깨어났다. 한 권의 책도 없는 텅 빈 도서관이 되어서. 별자리가 사라진 밤하늘의 영혼으로. 그러니까
당신이 지금 읽은 것은 무엇인가?

밤의 접힌 부분을 펴자
내가 한 번도 보지 못한 문장들이 튀어나왔다.

5
일
밤

나는 나를 다 읽지 못해. 나는 계속해서 변화 중이니까. 자아
는 그저 변화하는 과정일 뿐이니까. 나는 무엇이 쓰인 책일까.
오히려 네가 나를 읽기에 좋지. 하지만 네가 읽은 나라는 존재
도 끝까지 읽히지 않는, 상형문자 같은 것일 거야. 내 안에는
무수한 글자들이 있고, 이것은 언제나 찾아오는 신비로운 밤
의 무한한 가능성이니까.

묵화 墨畵

김종삼

물 먹는 소 목덜미에
할머니 손이 얹혀졌다.
이 하루도
함께 지났다고,
서로 발잔등이 부었다고,
서로 적막하다고,

6
일
밤

한 편의 시가 한 장의 그림이 될 때, 시는 이해를 뛰어넘어 읽는 이의 마음 안으로 쑥 들어온다. 이 시가 그렇다. 하루의 노동을 끝내고 소가 물을 마시고 있다. 할머니는 그런 소의 목덜미를 쓰다듬는다. 할머니는 소에게 이렇게 말해주는 듯하다. 함께 이 삶의 지난함을 견뎌내고 있다고. 힘든 노동 때문에 함께 발잔등이 부었다고. 적막한 인생의 황혼을 함께 보내고 있다고. 그래서 소와 할머니는 이번 삶의 가장 친한 친구이자 동반자라고. 이 먹먹한 장면을 보고 읽노라면 가장 소중한 존재는 정말 가까이에 있는지도 모른다는 생각이 드는 것이다. 내곁에서 모든 시간을 함께 버텨주는 존재는 누구일까.

✦ 즐거운 편지

황동규

1

내 그대를 생각함은 항상 그대가 앉아 있는 배경에서 해가 지고 바람이 부는 일처럼 사소한 일일 것이나 언젠가 그대가 한없이 괴로움 속을 헤매일 때에 오랫동안 전해오던 그 사소함으로 그대를 불러 보리라.

2

진실로 진실로 내가 그대를 사랑하는 까닭은 내 나의 사랑을 한없이 잇닿은 그 기다림으로 바꾸어 버린 데 있었다. 밤이 들면서 골짜기엔 눈이 퍼붓기 시작했다. 내 사랑도 어디쯤에선 반드시 그칠 것을 믿는다. 다만 그때 내 기다림의 자세를 생각하는 것뿐이다. 그동안에 눈이 그치고 꽃이 피어나고 낙엽이 떨어지고 또 눈이 퍼붓고 할 것을 믿는다.

7

일
밤

너는 한 번도 뒤를 돌아보지 않았지. 성큼성큼 골목 밖으로 사
라졌지. 나는 너를 붙잡고 싶었지만, 커다란 덫에 걸린 것처
럼 발을 뗄 수가 없었어. 온몸이 얼어붙은 듯 움직일 수가 없
었어. 누구의 잘못인지도 이제 기억나지 않아. 다만 그때 우리
가 서로의 시간을 슬픔으로만 물들이고 있었던 것, 그것만 남
아있어. 어느 계절이었는지도 기억나지 않아. 하지만 그 순간
우리, 각자의 마음에 폭설이 몰아치고 있지 않았을까. 나는 덫
에 걸린 채로 너를 기다리고 싶었어. 영원히 오지 않을 너를.
오지 않는 너를 기다리는 '나'를 사랑하고 있었던 걸지도 몰라.
그 기다림은 정말이었을까.

꽃잎

에이미 로웰

인생은 흐르는 시냇물과 같아.
우리는 심장에서 꽃잎을 뜯어 그 위에 하나둘 뿌린다.
꿈에서 잃어버린 끝,
그들은 우리의 시야를 지나쳐 떠내려가니
우리는 그들의 기쁘고 이른 시작을 볼뿐이다.

희망으로 가득 차
기쁨으로 붉게 물든,
갓 피어난 장미의 잎을 흩뿌리네;
얼마나 넓게 퍼질지
얼마나 멀리 가 닿을지
우리는 결코 알 수 없지.
꽃잎은 모두
강물을 따라 흘러
사라지네.
무한한 길 너머로.
세월이 서두르는 동안,
우리는 홀로 남겨지고
그 향기는 여전히 남아 머무는데, 꽃잎은 저 멀리 흘러가네.

8
일
밤

심장에서 꽃잎을 하나둘 뜯어 물 위에 뿌리는 이미지를 잊지 못한다. 아름답고 끔찍한, 근원적인 환희를. 삶의 시작은 아름답지만 그 끝은 아무도 알 수 없다. 얼마나 멀리 떠나가는지. 심장의 꽃잎은 향기만 남기고 어디로 가는지.

정든 병

허수경

이 세상 정들 것 없어 병에 정듭니다

가엾은 등불 마음의 살들은 저리도 여려 나 그 살을 세상의 접면에 대고 몸이 상합니다

몸이 상할 때 마음은 저 혼자 버려지고 버려진 마음이 너무 많아 이 세상 모든 길들은 위독합니다 위독한 길을 따라 속수무책의 몸이여 버려진 마음들이 켜놓은 세상의 등불은 아프고 대책없습니다 정든 병이 켜놓은 등불의 세상은 어둑어둑 대책없습니다

9
일
밤

몸이 아파서 마음이 아픈 걸까? 마음이 아파서 몸이 아픈가? 인간의 몸과 마음은 하나일 텐데. 바보처럼 마음이 아픈데 몸만 아프다고 느끼기도 한다. 몸이 아플 때 마음도 아파 놀랄 때가 있다. 하지만 우리는 안다. 인간은 마음에서 몸으로, 몸에서 마음으로 흘러가는 병을 하나씩 갖고 있다는 걸. 세상의 모든 접면이 우리의 마음과 몸을 움직인다. 서로 만나고 부딪히고 헤어지고 다시 만나는 일들이 우리의 몸과 마음을 병들게 하지만, 그것은 다정한 병이다. "버려진 마음들이 켜놓은 세상의 등불." 그 빛이 너무 따뜻해서, 대책 없이 그 병에 젖어들 때가 있다. 이러한 위태로움은 우리의 아름다운 숙명임에 분명하다. 인간이기에 대책 없이 병에 정드는 것이니까.

추락하는 것은 날개가 있다 잉게보르크 바흐만

사랑하는 나의 오빠, 언제 우리는 뗏목을 만들어
하늘을 따라 내려갈 수 있을까요?
사랑하는 나의 오빠, 곧 우리의 짐이 너무 커져서
우리는 침몰하고 말 거예요.

사랑하는 나의 오빠, 우리 종이 위에다
수많은 나라와 수많은 철로를 그려요.
조심하세요, 여기 검은 선線들 앞에서
연필심과 함께 훌쩍 날아가지 않게요.

사랑하는 나의 오빠, 만약 그러면 나는
말뚝에 묶인 채 마구 소리를 지를 거예요.
하지만 오빠는 어느새 말에 올라 죽음의 계곡을 빠져나와,
우리 둘은 함께 도망치고 있군요.

집시들의 숙영지에서, 황야의 천막에서 깨어 있어야 해요,
우리의 머리카락에서 모래가 흘러내리는군요.
오빠와 나의 나이 그리고 세계의 나이는
해로 헤아릴 수 있는 게 아니랍니다.

교활한 까마귀나 끈끈한 거미의 손
그리고 덤불 속의 깃털에 속아넘어가지 마세요.
또 게으름뱅이 나라에서는 먹고 마시지 마세요.
그곳의 냄비와 항아리에선 거짓 거품이 일거든요.

홍옥 요정을 위한 황금다리에 이르러
그 말을 알고 있던 자만이 승리를 거두었지요.
오빠한테 말해야겠어요. 그 말은 지난번 눈과 함께
정원에서 녹아서 사라져버렸다고 말이에요.

많고 많은 돌들 때문에 우리 발에 이렇게 상처가 났어요.
발 하나가 나으면, 우리는 그 발로 펄쩍 뛸 거예요.
아이들의 왕은 그의 왕국에 이르는 열쇠를 입에 물고
우리를 마중하고, 우리는 이런 노래를 부를 거예요:

지금은 대추야자 씨가 싹트는 아름다운 시절!
추락하는 이들마다 날개가 달렸네요.
가난한 이들의 수의에 장식단을 달아준 것은 빨간 골무,
그리고 오빠의 떡잎이 나의 봉인 위로 떨어지네요.

우리는 자러 가야 해요, 사랑하는 이여, 놀이는 끝났어요.

발꿈치를 들고. 하얀 잠옷들이 부풀어 오르네요.

아버지 어머니가 그러는데요, 우리가 숨결을 나누면,

이 집안에서는 유령이 나온대요.

10
일
밤

"지금은 대추야자 씨가 싹트는 아름다운 시절! / 추락하는 이
들마다 날개가 달렸네요."

이 구절을 읽고 나는 네 생각이 났어. 살아간다는 것이 상승보
다는 추락에 가까운 것이 아닐까. 너는 반 계단을 내려와 매일
추락하는 사람처럼 바닥에 이마를 대고 울었지. 어떤 슬픔인
지 나는 묻지 않았어. 물어보기가 겁났어. 그렇게 매일 밤 울
었지만 너는 아침이면 다시 계단을 걸어 올라갔지. 출근하는
아침이 너를 추락하게 하는 일이었지만, 너를 상승하게 만드
는 일이기도 했던 거야. 가끔은 너와 내가 싸구려 와인 한 병을
사서 혓바닥이 벌게지도록 마셨지. 추락하는 기분에 날개가
달린 것처럼 우리는 행복했어. 친구라는 이름으로. 친구야, 그
때 우리의 추락과 상승은 무엇이었을까. 종이 위에 버킷리스
트를 쓰고 미래의 지도를 그리고 다짐을 쓰고 불가능한 일에
대해 적어보는 일. 그 추락과 날개가 공존하는 시간. 그때 우
리는 참으로 겁쟁이였지만 용감했지.

나는

진은영

너무 삶은 시금치, 빨다 버린 막대사탕, 나는 촌충으로 둘둘 말
린 집, 부러진 가위, 가짜 석유를 파는 주유소, 도마 위에 흩어
진 생선비늘, 계속 회전하는 나침반, 나는 썩은 과일 도둑, 오
래도록 오지 않는 잠, 밀가루 포대 속에 집어넣은 젖은 손, 외
다리 남자의 부러진 목발, 노란 풍선 꼭지, 어느 입술이 닿던
날 너무 부풀어올랐다 찢어진

11
일
밤

나는 무엇일까. 누구일까,가 아니고 무엇일까,라는 질문. 가끔
은 그것을 알 수 없어서 슬픔에 빠질 때가 있다. 오늘, 너무 지
쳐서 문득 사라져버리고 싶을 때. 그럴 때 나는 생각한다. 나
는 내가 아니고, '너무 삶은 시금치' '빨다 버린 막대사탕' 같다
고. 자책이 점점 더 커지면 '나는 촌충으로 돌돌 말린 집' 같다
고 생각하기도 한다. 이렇게 쓸모에 조금 부족한 사물들이 나
같다고 적어본다. 시에서는 나의 변신이 가능하다. 그냥 쓰기
만 해도 나는 내가 아닌 무엇이 되는 것 같다. 변신할 수 있는
무엇에 대한 상상만으로도 위로가 되는 저녁이 있다. 솔직한
마음을 쓰고 나면 응어리가 풀린다. 그 시간이 지나면 나는 '새
로운 나'가 되어있겠지. 노트를 펼치고 써보자. 솔직한 마음을
표현해보자. 부족하지만 따뜻한 사물로 변신해보자.

엄마 걱정

기형도

열무 삼십 단을 이고
시장에 간 우리 엄마
안 오시네, 해는 시든 지 오래
나는 찬밥처럼 방에 담겨
아무리 천천히 숙제를 해도
엄마 안 오시네, 배춧잎 같은 발소리 타박타박
안 들리네, 어둡고 무서워
금 간 창틈으로 고요히 빗소리
빈방에 혼자 엎드려 훌쩍거리던

아주 먼 옛날
지금도 내 눈시울을 뜨겁게 하는
그 시절, 내 유년의 윗목

12

일
밤

직장에 나간 엄마가 퇴근하기를 기다리며 숙제를 하던 시절이 있었다. 홀로 방바닥에 엎드려 '아무리 천천히 숙제를 해도' 시간은 가지 않고, 엄마도 오지 않았지. 어린 내 귀에 들리는 모든 소리가 엄마의 발소리가 되었다. 간절한 기다림. 홀로 남겨졌다는 불안. 퇴근 시간이 되면 엄마는 문을 열고 뛰어들어와 나를 끌어안았다. 그럴 때면 나는 가장 행복한 사람이 되었다. 어른이 되어 가끔 그 시간을 떠올리면 쓸쓸함과 따뜻함이 뒤섞여서 마음이 벅차오른다. 창밖에서 들리는 모든 소리를 엄마의 발소리로 만들었던 간절한 마음의 감각이 시 안에 들어 있다. 애틋하게 살아나는 소리들이 담겨 있다.

유리병에 담긴 소식

남진우

유리병에 소식을 적어 바다에 띄운다
자고 일어나면 어느새 문지방에 도로 밀려와 있다
상어의 잇자국과 폭풍우가 머물다 간 흔적이 남아 있는 유리병
어둠의 물살이 핥고 지나간 자리에 서서
나는 담배를 피우고 조간신문을 주워든다

한때 망명 정부를 세우겠다는 계획을 세운 적이 있다
얼마나 많은 정부가 백지 위에 세워졌다 쓰러졌던가
유리병에 담긴 편지를 구겨버리고
창밖을 가로질러 날아가는 새 떼를 바라본다

시계의 초침과 분침이
내 심장과 머리를 분할한다
서류와 잡담 사이
유리병은 떠올랐다 다시 가라앉고

하루 종일 책상 앞에서 나는 긴 편지를 쓴다
아무도 내게 소식을 전하지 않았으므로
나는 끊임없이 소식을 적어 유리병에 띄워보낸다
그 어디에도 없는 누군가에게 가 닿기를 기다리며

깊은 밤 아득히 멀리
유리병은 떠내려간다 내 꿈에 실려
유리병은 부서져나간다 숨겨진 암초에 부딪혀
물에 젖어 서서히 지워지는 글자들의 바다
잠이 깨면 얼룩이 진 종잇조각 하나만
내 문지방에 걸려 있다

13
일
밤

시간은 바다처럼 깊고 아득하다. 특히 그리움에 갇힐 때. 쓸쓸하고 아픈 모든 것을 유리병에 넣어서 아무도 모르는 깊은 바다에 묻어둔다면 어떨까. 그렇게 봉인된 슬픔은 바다 깊은 곳에 묻혀 잊힐 수 있을까.

편지를 썼다. 이 편지 안에 담긴 소식, 투명한 유리병에 담긴 소식, 누군가에게 보내는 수신호. 그런데 자꾸 어떤 시간을 건너 나에게 돌아온다. 다시 쓴다. 편지를 담은 유리병은 암초에 걸려 부서진다. 어디에도 없는 네가 보고 싶다. 우리는 만날 수 있을까. 네게 보내는 무수한 글자들이 너에게 닿지 못하고 바다를 덮었는데.

감자 먹는 사람들

김선우

어느 집 담장을 넘어 달겨드는
이것은,
치명적인 냄새

식은 감자알 갉작거리며 평상에 엎드려 산수숙제를 하던, 엄
마 내 친구들은 내가 감자가 좋아서 감자밥 도시락만 먹는 줄
알아. 열한 식구 때꺼리를 감자 없이 무슨 수로 밥을 해대냐고,
귀밝은 할아버지는 땅 밑에서 감자알 크는 소리 들린다고 흐
뭇해하셨지만 엄마 난 땅속에서 자라는 것들이 무서운데, 뿌
리 끝에 댕글댕글한 어지럼증을 매달고 식구들이 밥상머리를
지킨다 하나둘 숟가락 내려놓을 때까지 엄마 밥주발엔 숟가락
꽂히지 않는다

어릴 적 질리도록 먹은 건 싫어하게 된다더니, 감자 삶는 냄새
이것은,
치명적인 그리움

꽃은 꽃대로 놓아두고 저는 땅 밑으로만 궁그는,
꽃 진 자리엔 얼씬도 하지 않는,
열한 개의 구덩이를 가진 늙은 애기집

14

**일
밤**

강원도의 특산물 중 하나가 감자다. 방금 막 쪄낸 따뜻한 감자……. 감자의 포슬포슬함이 허기를 불러온다. 강원도 사람들은 주식처럼 먹기도 할 테지. 음식이 삶의 커다란 비유로 작용할 때가 있다. 땅에 깊이 뿌리박고 생명을 유지하는, 그 힘으로 우리의 삶을 풍요롭게 하는 감자. 너무 흔하고 너무 자주 먹어서 반 친구들도 놀리고 어린 나도 질렸었던 강원도 감자. 하지만 감자를 삶을 때면 그리움의 냄새가 난다. 땅에 뿌리박고 기어이 생명을 지켜내는 감자의 힘이 필요한 순간들이 있다. 정말 지치고 힘들 때, 감자를 삶는다. 삶의 원동력을 삶는 그 냄새가 온 주방에 퍼진다.

남신의주 유동 박시봉방 백석

南新義州 柳洞 朴時逢方

어느 사이에 나는 아내도 없고, 또,

아내와 같이 살던 집도 없어지고,

그리고 살뜰한 부모며 동생들과도 멀리 떨어져서,

그 어느 바람 세인 쓸쓸한 거리 끝에 헤매이었다.

바로 날도 저물어서,

바람은 더욱 세게 불고, 추위는 점점 더 더해 오는데,

나는 어느 목수木手네 집 헌 샅을 깐,

한 방에 들어서 쥔을 붙이었다.

이리하여 나는 이 습내 나는 춥고, 누긋한 방에서,

낮이나 밤이나 나는 나 혼자도 너무 많은 것같이 생각하며,

딜옹배기에 북덕불이라도 담겨 오면,

이것을 안고 손을 쬐며 재 우에 뜻없이 글자를 쓰기도 하며,

또 문밖에 나가디두 않구 자리에 누어서,

머리에 손깍지벼게를 하고 굴기도 하면서,

나는 내 슬픔이며 어리석음이며를 소처럼 연하여 쌔김질하는

것이었다.

내 가슴이 꽉 메어올 적이며,

내 눈에 뜨거운 것이 핑 괴일 적이며,

또 내 스스로 화끈 낯이 붉도록 부끄러울 적이며,

나는 내 슬픔과 어리석음에 눌리어 죽을 수밖에 없는 것을 느끼는 것이었다.

그러나 잠시 뒤에 나는 고개를 들어,

허연 문창을 바라보든가 또 눈을 떠서 높은 턴정을 쳐다보는 것인데, 이때 나는 내 뜻이며 힘으로, 나를 이끌어 가는 것이 힘든 일인 것을 생각하고,

이것들보다 더 크고, 높은 것이 있어서, 나를 마음대로 굴려 가는 것을 생각하는 것인데,

이렇게 하여 여러 날이 지나는 동안에,

내 어지러운 마음에는 슬픔이며, 한탄이며, 가라앉을 것은 차츰 앙금이 되어 가라앉고,

외로운 생각만이 드는 때쯤 해서는,

더러 나줏손에 쌀랑쌀랑 싸락눈이 와서 문창을 치기도 하는 때도 있는데,

나는 이런 저녁에는 화로를 더욱 다가 끼며, 무릎을 꿇어 보며,

어니 먼 산 뒷옆에 바우섶에 따로 외로이 서서,

어두어 오는데 하이야니 눈을 맞을, 그 마른 잎새에는,

쌀랑쌀랑 소리도 나며 눈을 맞을,

그 드물다는 굳고 정한 갈매나무라는 나무를 생각하는 것이었다.

15
일
밤

"내 슬픔과 어리석음에 눌리어 죽을 수밖에 없는 것을 느끼는"
백석 시인의 마음. 이 유명한 시가 읽을 때마다 다르게 읽히는
것은 왜일까. 시는 그런 것일지 모른다. 매번 달라지는 것. 한
세기가 지난 마음. 그리고 미래에도 반복될 마음. 고독과 슬픔
은 같은 얼굴이다. 한 세기 전의 마음에 내가 들어있고, 앞으로
의 마음에도 내가 들어있으리라 예감한다. 미래는 예감으로만
가능한 시간이니까. 하지만 그 마음은 단단해질 것이다. 고독
과 슬픔, 어리석음은 우리를 단단하게 한다. 굳고 정갈한 갈매
나무처럼.

울음이 타는 가을 강

박재삼

마음도 한자리 못 앉아 있는 마음일 때,
친구의 서러운 사랑 이야기를
가을 햇볕으로나 동무 삼아 따라가면,
어느새 등성이에 이르러 눈물나고나.

제삿날 큰집에 모이는 불빛도 불빛이지만
해질녘 울음이 타는 가을 강을 보것네.

저것 봐, 저것 봐,
네보담도 내보담도
그 기쁜 첫사랑 산골 물소리가 사라지고
그다음 사랑 끝에 생긴 울음까지 녹아나고,
이제는 미칠 일 하나로 바다에 다 와가는,
소리 죽은 가을 강을 처음 보것네.

16
일
밤

첫사랑이 기억나지 않는다. 어쩌면 노을에 불타고 있는 가을 강처럼 이미 다 타서 흘러가 버린 것은 아닐까. 사랑 끝에 터진 울음이 강으로 흐르고 안타까움에 미친 내가 바다로 흘러간 것일 거야. 저것 봐, 저 거대한 울음 말이야.

동경

요한 볼프강 폰 괴테

내 마음을 이렇게도 끄는 것은 무엇인가
내 마음을 밖으로 이끄는 것은 무엇인가
방에서, 집으로
나를 마구 끌어내는 것은 무엇인가
저기 바위를 감돌며
구름이 흐르고 있다!
그곳으로 올라갔으면
그곳으로 갔으면!

까마귀가 떼를 지어
하늘하늘 날아간다
나도 그 속에 섞여
무리를 따라간다
그리고 산과 성벽을 돌며
날개를 펄럭인다
저 아래 그 사람이 있다
나는 그쪽을 살펴본다

저기 그 사람이 거닐어온다
나는 노래하는 새
무성한 숲으로

급히 날아간다
그 사람은 멈춰 서서 귀를 기울여
혼자 미소 지으며 생각한다
저렇게 귀엽게 노래하고 있다
나를 향해서 노래하고 있다고

지는 해가 산봉우리를
황금빛으로 물들이건만
아름다운 그 사람은 생각에 잠겨서
저녁놀을 보지도 않는다
그 사람은 목장을 따라
개울가를 거닐어간다
길은 꼬불꼬불하고
점점 어두워진다

갑자기 나는
반짝이는 별이 되어 나타난다
'저렇게도 가깝고도 멀리
반짝이는 것은 무엇일까'
네가 놀라서
그 빛을 바라보면,

나는 너의 발 아래 엎드린다
그때의 나의 행복이여!

17
일
밤

마음은 늘 어딘가로 떠나고 싶어 하는 것 같다. 마음의 정착지
란 것이 있을까? 그렇게 마음을 잡아끄는 바깥의 목소리들. 설
레게 하는 자연의 입김들. 우리에게 바깥이란 어딜까? 그 끝이
있을까? 문을 열고 나선다. 정처 없이 마음을 부르는 방향으로
간다. 반짝이는 별처럼!

묘비명

김광규

한 줄의 시는커녕
단 한 권의 소설도 읽은 바 없이
그는 한평생을 행복하게 살며
많은 돈을 벌었고
높은 자리에 올라
이처럼 훌륭한 비석을 남겼다
그리고 어느 유명한 문인이
그를 기리는 묘비명을 여기에 썼다
비록 이 세상이 잿더미가 된다 해도
불의 뜨거움 꿋꿋이 견디며
이 묘비는 살아남아
귀중한 사료史料가 될 것이니
역사는 도대체 무엇을 기록하며
시인은 어디에 무덤을 남길 것이냐

18
일
밤

세속적인 것이 나쁜가? 자문해본다. 거짓이 꼭 나쁜가? 자문
해본다. 시인도 인간이고, 세속적인 부분이 있다. 나는 가끔
내 판단에 의해 '선의'라고 여겨지는 거짓말도 하지. 하지만 그
것은 정말 생활전선의 복잡성이고, 세속과 거짓이 '진실'이 되
는 것은 너무나 끔찍한 일. 문학이 그려내는 진실의 모습을 외
면하고 한평생 살다가 죽는다면, 무엇을 비석에 새기고 싶을
까요?라고 물었을 때, 답변을 적어보시오. 문학적 사유 없는
삶은 행복했노라고?

노라

나혜석

나는 인형이었네

아버지의 착한 딸인 인형으로
남편의 착한 아내인 인형으로
그네들의 노리개였네

노라를 놓아라

순순히 놓아주고
높은 장벽을 열고 깊은 규문을 열고
자유의 대기 중에 노라를 놓아라.

나는 사람이라네.

남편의 아내 되기 전에
자녀의 어미 되기 전에
아버지의 딸이 되기 전에
첫째로 사람이라네.

나는 사람이로세.

구속이 이미 끊쳤도다.
자유의 길이 열렸도다.
천부의 힘은 넘치네.

아아 소녀들이여
깨어서 뒤를 따라 오라. 일어나 힘을 발하여라.
새날의 광명이 비쳤네.

19

일
밤

인형(人形)은 인간의 모양이다. 사람 인, 모양 형. 인형에게는 자아가 없다. 사물에게는 자아가 없다. 일제 식민지 시대를 비극적으로 살다 간 나혜석 시인이 이런 시를 내게 툭 던져주었다. 아직도 이렇게 살고 있니?라고 물으면서. "나는 사람이라네"라는 말을 아직도 하고 있니?라고 또다시 물으면서. 귀엽고 예쁘장한 여성을 보면 인형 같다고 한다. 사물이라는 말일까. 영혼 따위는 없다는 말일까. 여성이라는 약자에게 사람됨은 무엇인가. 여성을 도구로 사용하려는 사회는 더 정교해지고 있어요, 선생님. 그녀의 손을 잡고 말하고 싶다. 나혜석 시인의 영혼 옆에 수많은 소녀가 앉아있다.

산문시 · 1

신동엽

스칸디나비아라든가 뭐라구 하는 고장에서는 아름다운 석양 대통령이라고 하는 직업을 가진 아저씨가 꽃리본 단 딸아이의 손 이끌고 백화점 거리 칫솔 사러 나오신단다. 탄광 퇴근하는 광부들의 작업복 뒷주머니마다엔 기름 묻은 책 하이덱거 럿셀 헤밍웨이 장자莊子 휴가여행 떠나는 국무총리 서울역 삼등 대합실 매표구 앞을 뙤약볕 흡쓰며 줄지어 서 있을 때 그걸 본 서울역장 기쁘시겠소라는 인사 한마디 남길 뿐 평화스러이 자기 사무실 문 열고 들어가더란다. 남해에서 북강까지 넘실대는 물결 동해에서 서해까지 팔랑대는 꽃밭 땅에서 하늘로 치솟는 무지개빛 분수 이름은 잊었지만 뭐라군가 불리우는 그 중립국에선 하나에서 백까지가 다 대학 나온 농민들 추럭을 두 대씩이나 가지고 대리석 별장에서 산다지만 대통령 이름은 잘 몰라도 새 이름 꽃 이름 지휘자 이름 극작가 이름은 훤하더란다 애당초 어느 쪽 패거리에도 총 쏘는 야만엔 가담치 않기로 작정한 그 지성知性 그래서 어린이들은 사람 죽이는 시늉을 아니하고도 아름다운 놀이 꽃동산처럼 풍요로운 나라, 억만금을 준대도 싫었다 자기네 포도밭은 사람 상처내는 미사일 기지도 땡크 기지도 들어올 수 없소 끝끝내 사나이 나라 배짱 지킨 국민들, 반도의 달밤 무너진 성터가의 입맞춤이며 푸짐한 타작 소리 춤 사색뿐 하늘로 가는 길가엔 황톳빛 노을 물든 석양 대

통령이라고 하는 직함을 가진 신사가 자전거 꽁무니에 막걸리
병을 싣고 삼십 리 시골길 시인의 집을 놀러 가더란다.

20
일
밤

"스칸디나비아라든가 뭐라구 하는 고장에서는" 아름다운 일들투성이다. 권력자도 딸아이와 칫솔 사러 나오고, 노동자도 밤이면 영혼을 돌볼 기름때 묻은 책들을 읽고, 국무총리가 서울역에 행차해도 역장 아저씨는 안부 인사 정도 건넨 후 자기 할 일 하러 가고……. 땅을 일구어 사는 농민들도 풍요로운 나라. 권력자에게는 관심 없지만 새 이름 꽃 이름 지휘자 이름 극작가 이름은 꿰고 있는, 노동과 예술이 어우러지는 나라. 어린이들도 총싸움 같은 것을 놀이로 할 필요가 없는, 상처받고 상처 주는 일이 없는 나라. 그렇게 아름다운 나라에서 한 번이라도 살아볼 수 있을까? 몇십 년 전부터 아니, 아주 오래전부터 꿈꾸었던 평등의 나라, 인간 존재 자체로 의미 있는 세계……. 시는 그런 것들을 우리에게 보여준다. 시는 그래서 아름답다. 권력이 만들어낸 폭력이 사라지고, 계층과 위계가 없어지고,

자연과 예술이 우리 삶을 풍요롭게 하는 세계를 구체적으로 보여준다. 그렇게 꿈꾸게 한다. 그 꿈이 강해질수록 현실은 변화할 것이다.

격언

요제프 폰 아이헨도르프

모든 사물 속에서 잠자는 노래,
사물들은 계속해서 꿈꾸고 있다.
마술의 말이 맞아떨어지면
세계는 노래를 부르기 시작한다.

21
일
밤

"모든 사물 속에서 잠자는 노래"는 무엇일까. 시가 아닐까? 시는 모든 사물 안에 비밀처럼 담긴 노래를 끄집어내는 놀라운 힘이 아닐까? 시의 언어와 우리의 마음이 완벽하게 맞아떨어지면 세계는 아름다운 마술을 펼쳐 보여준다.

검은 신이여

박인환

저 묘지에서 우는 사람은 누구입니까.

저 파괴된 건물에서 나오는 사람은 누구입니까.

검은 바다에서 연기처럼 꺼진 것은 무엇입니까.

인간의 내부에서 사멸된 것은 무엇입니까.

일 년이 끝나고 그 다음에 시작되는 것은 무엇입니까.

전쟁이 뺏어간 나의 친우는 어디서 만날 수 있습니까.

슬픔 대신에 나에게 죽음을 주시오.

인간을 대신하여 세상을 풍설로 뒤덮어주시오.

건물과 창백한 묘지 있던 자리에

꽃이 피지 않도록.

하루의 일 년의 전쟁의 처참한 추억은
검은 신이여
그것은 당신의 주제主題일 것입니다.

22
일
밤

우리에게는 6.25전쟁이라는 아픈 역사가 있다. 그 시대에는 전쟁의 악몽을 나눠 가지며 버텼겠지. 그렇게 훼손된 서로의 마음을 들여다보고 있지 않았을까. 말은 하지 않지만 공포의 끝에서 무엇이 서로를 삼키고 있는지 느끼고 있지 않았을까……. 전쟁의 폭력과 공포, 인간성의 말살, 전쟁 이후의 폐허, 영혼의 파괴…… 그렇게 '검은 신'은 사람들의 이마를 서늘하게 짚으며 돌아다니고 있었을지도 모른다. '인간 내부에서 사멸된 것은 무엇'인지 시적 화자는 온몸으로 찾아 헤매고 있었을 것이다. 절망과 고통 속에서 "슬픔 대신에 나에게 죽음을" 달라고 하는 시인의 외침…… 비명…… 내 마음에도 온통 '검은 신'이 가득하다.

거울

이상

거울속에는소리가없소
저렇게까지조용한세상은참없을것이오

거울속에도내게귀가있소
내말을못알아듣는딱한귀가두개나있소

거울속의나는왼손잡이오
내악수를받을줄모르는—악수를모르는왼손잡이오

거울때문에나는거울속의나를만져보지를못하는구료마는
거울이아니었던들내가어찌거울속의나를만나보기만이라도했
겠소

나는지금거울을안가졌소마는거울속에는늘거울속의내가있소
잘은모르지만외로된사업에골몰할게요

거울속의나는참나와는반대요마는
또꽤닮았소
나는거울속의나를근심하고진찰할수없으니퍽섭섭하오

23
일
밤

가끔은 생각한다. 이상 시인은 내 몫의 시까지 다 써내느라 병에 걸렸던 것은 아닐까. 한 세기 이후의 후배 시인들 목소리까지 다 담아내느라 고통받았던 것은 아닐까. 이상하고 알 수 없는 신비로움에 사로잡혀 삶이 중단된 것은 아닐까. 저 거울 속의 나, 또 다른 나와 마주 보는 마음. "잘은 모르지만 외로된 사업에 골몰"하는 것이 시인의 운명일 것이다. 결국엔 혼자라는 인식, 그 끝없는 고독 속에 던져진 현대인의 운명일 것이다.

나는 일요일의
휴식을 살핀다

기욤 아폴리네르

나는 일요일의 휴식을 살핀다

게으름을 찬양한다

감각들이 내게 떠넘기는

저 끝없이 미미한 지식을

어떻게 어떻게 줄여야 하는가

감각은 산이다 하늘이다

도시다 내 사랑이다

감각의 사계를 닮는다

그것은 목이 잘린 채 산다 그 머리가 태양이고

달은 그것의 잘린 목이다

나는 끝없이 뜨거운 시련을 겪고 싶다

청각의 괴물인 네가 포효한다 울부짖는다

천둥이 네 머리칼을 대신하며

네 발톱이 새들의 노래를 반복한다

괴물 같은 촉각이 파고들어 나를 중독시킨다

눈은 내게서 멀리 떨어져 헤엄친다

범접할 수 없는 별들은 시련을 겪지 않은 지배자들이다

연기로 된 짐승은 머리가 꽃피었다

월계수의 풍미를 지니고서

가장 아름다운 괴물이 저 자신을 괴롭힌다

24
일
밤

사회는 속도에 미쳐있다. 생산성을 위한 속도. 인간이 소외되는 속도. 게으르면 낙오자가 되지. 하지만 우리는 무엇인가를 생산하기 위해서만 태어난 것일까? 게으른 것이 죄이기만 할까? 감각은 게으름 속에서 풍부해진다. 하나의 질서로 여기어졌던 신체가 재구성된다. 이상한 몸이 된다. 그 감각은 무엇일까. 속도를 멈추고 상상의 세계로 우리를 끌고 가는 것, 상상 안에서 해방되는 것!

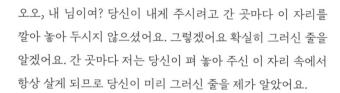

꿈자리

김소월

오오, 내 님이여? 당신이 내게 주시려고 간 곳마다 이 자리를 깔아 놓아 두시지 않으셨어요. 그렇겠어요 확실히 그러신 줄을 알겠어요. 간 곳마다 저는 당신이 펴 놓아 주신 이 자리 속에서 항상 살게 되므로 당신이 미리 그러신 줄을 제가 알았어요.

오오 내 님이여! 당신이 깔아 놓아 주신 이 자리는 맑은 못 밑과 같이 고조곤도 하고 아늑도 했어요. 홈싹홈싹 숨치우는 보드라운 모래 바닥과 같은 긴 길이, 항상 외롭고 힘없는 저의 발길을 그리운 당신한테로 인도하여 주겠지요. 그러나 내 님이여! 밤은 어둡구요 찬바람도 불겠지요. 닭은 울었어도 여태도록 빛나는 새벽은 오지 않겠지요. 오오 제 몸에 힘 되시는 내 그리운 님이여! 외롭고 힘없는 저를 부둥켜안으시고 영원히 당신의 믿음성스러운 그 품속에서 저를 잠들게 하여 주셔요.

당신이 깔아 놓아 주신 이 자리는 외롭고 쓸쓸합니다마는, 제가 이 자리 속에서 잠자고 놀고 당신만을 생각할 그때에는 아무러한 두려움도 없고 괴로움도 잊어버려지고 마는데요.

그러면 님이여! 저는 이 자리에서 종신토록 살겠어요.

오오 내 님이여! 당신은 하루라도 저를 이 세상에 더 묵게 하시려고 이 자리를 간 곳마다 깔아 놓아 두셨어요. 집 없고 고단한 제 몸의 종적을 불쌍히 생각하셔서 검소한 이 자리를 간 곳마다 제 소유로 장만하여 주셨어요. 그리고 또 당신은 제 엷은 목숨의 줄을 온전히 붙잡아 주시고 외로이 일생을 제가 위험 없는 이 자리 속에 살게 하여 주셨어요.

오오 그러면 내 님이여! 끝끝내 저를 이 자리 속에 두어 주셔요. 당신이 손수 당신의 그 힘 되고 믿음성부른 품 속에다 고요히 저를 잠들려 주시고 저를 또 이 자리 속에 당신이 손수 묻어 주셔요.

25

일
밤

"당신이 깔아 놓아 주신 이 자리는 외롭고 쓸쓸합니다마는, 제가 이 자리 속에서 잠자고 놀고 당신만을 생각할 그때에는 아무러한 두려움도 없고 괴로움도 잊어버려지고 마는데요."

꿈자리라는 말을 생각해봐. 꿈에 나타난 일이나 징조 같은 것. 꿈이 있는 자리, 꿈을 꾸는 자리, 꿈 같은 자리…… 무엇이라도 될 수 있다고 생각해버리자. 그래야 당신이 그 자리로 찾아오니까. 꿈자리가 사납다는 말도 있지만, 사나워질지언정, 사랑이 오기를 바라. 그 사나운 폭풍 속에서 당신이 나를 품고 잠들길 바라. 깨고 싶지 않아. 꿈과 같은 이 자리에서.

수라 修羅 백석

거미새끼 하나 방바닥에 나린 것을 나는 아모 생각 없이 문밖
으로 쓸어버린다
차디찬 밤이다

어니젠가 새끼 거미 쓸려나간 곳에 큰 거미가 왔다
나는 가슴이 짜릿한다
나는 또 큰 거미를 쓸어 문밖으로 버리며
찬 밖이라도 새끼 있는 데로 가라고 하며 서러워한다

이렇게 해서 아린 가슴이 싹기도 전이다
어데서 좁쌀알만한 알에서 가제 깨인 듯한 발이 채 서지도 못
한 무척 적은 새끼거미가 이번엔 큰 거미 없어진 곳으로 와서
아물거린다
나는 가슴이 메이는 듯하다
내 손에 오르기라도 하라고 나는 손을 내어미나 분명히 울고
불고 할 이 작은 것은 나를 무서우이 달아나버리며 나를 서럽
게 한다
나는 이 작은 것을 고이 보드러운 종이에 받어 또 문밖으로 버
리며
이것의 엄마와 누나나 형이 가까이 이것의 걱정을 하며 있다
가 쉬이 만나기나 했으면 좋으련만 하고 슬퍼한다

26

일
밤

어쩌면 거미 가족은 완벽한 관계일지 모른다. 죽음을 무릅쓰고 가족을 찾으러 지옥 속으로 뛰어드니까. 자꾸만 집 밖으로 밀어내어도 찾아오는 큰 거미, 새끼 거미를 보고 그가 서러워하듯이 우리는 가족이라는 모험을 평생 끌어안고 가는 걸까. 서럽고 아련한 이름. 증오와 사랑이 뒤범벅된 이름.

가을

강경애

매해 가을마다 울었더니만 뒷창문 옆에서 울었더니만 떨어지는 낙엽 좇아 울었더니만 지금은 그 가을이 또 왔어요

바람에 떨어진 벽에 의하여 겨울 의복을 꼬매이려고 힘없는 광선을 바라보면서 바늘은 번개같이 번쩍이었다

뒷문으로 가만히

누런빛 사이로 나무꾼 아해 곰방대를 찬 나무꾼 아해 가을에 벗님을 찾으펴 해

매해 가을마다 울었더니만 뒷창문 옆에서 울었더니만 떨어지는 낙엽 좇아 울었더니만 지금은 그 가을이 또 왔어요

27
일
밤

울음이 가을을 부르는 마음. 슬픔으로 가을은 찰랑거린다. 가
을의 내부에는 울음이 있다.

살아남은 자의 슬픔

베르톨트 브레히트

물론 난 알고 있다, 단지 운이 좋아서
그 많은 친구들보다 오래 살아남았다는 것을.
그런데 오늘 밤 꿈속에서
이 친구들이 날 두고 하는 말을 들었다.
"더 강한 자들이 살아남는다."
그러자 내 자신이 미워졌다.

28

일
밤

가끔은 이런 생각을 한다. 내가 사는 이 세계에는 나의 안식처가 없는지도 몰라. 브레히트도 그랬을까. "신발보다 더 자주 나라를 바꾸며" 유럽을 떠돌던 그의 행적이 고단하고 슬프다. 즐겁기도 했을까. 운이 좋았던 모든 순간이 강해지는 계기라면, 이 세계의 좋은 기운들은 내 것이 아닐지도 몰라. 한없이 약하다고 생각해서 자신이 미워지는 것이 아니라, 강해지는 것이라서 미워진다면…… 그의 죄책감은 얼마나 숭고한 것인지!

뱀

미즈노 루리코

부엌 창은 작고 흐리다 하늘도 온통 흐리고 금이 가 있다 갈라진 하늘 아래 외딴곳에 우리의 돌집이 보인다

식탁 위에 우묵한 그릇이 늘어서 있다 첫 번째 그릇은 아버지에게 두 번째 그릇은 어머니에게 세 번째 그릇은 나 자신에게 하지만 그릇 속 내용물은 기억나지 않는다 식기 안에 숨어든 희미한 어둠 의자에 걸터앉아 안을 들여다본다 그릇 바닥은 늪처럼 깊다 아버지는 늪 바닥에 뱀이 산다고 했다 늪으로 다가가선 안 된다 발이 있는 것들은 두 번 다시 나오지 못해

해가 지면 늪은 내 방에서 멀어져 화살표 끝 검은 점 하나가 된다 나는 살며시 그네에 오른다 한밤중 평행사변형 그네 일그러진 그네 창문을 닫고 나는 그네를 구른다 어머니가 보인다 병에 걸린 커다란 새처럼 날개를 접고 늪 바닥 수풀에 쉬며 거꾸로 흔들리는 어머니 늪이 물결친다 길이 비틀어진다 뱀 한 마리 지나간 자국이 늪으로 이어져 있다 나는 한 번 더 그네를 구른다 높이 더 높이 그리고 나는 손을 놓는다 어머니가 있는 늪을 향하여 나는 떨어져 내린다 언제까지나 언제까지나

어머니가 저녁 찬거리를 썰고 있다 도마질 소리가 자장가처럼 돌벽을 울린다 〈누구누구 등 뒤에 뱀이 있다네〉 나는 뒤돌아 돌문을 열어젖힌다 〈누구누구 등 뒤에 뱀이 있다네〉 나는 뒤돌아 다시 돌문을 열어젖힌다 나는 열고 또 연다 열리지 않는 여러 개의 문을 그러자 황혼 속 저 깊은 곳에서 어머니가 냄비 뚜껑을 열고 들여다본다 다 끓었을까 내게는 보이지 않는다 냄비 속 모습이 보이지 않는다 나는 몸을 쭉 편다 내 발이 풀을 짓밟아 폴폴 풀 냄새가 난다 양지바른 쪽 뜨거운 풀숲 열기 속에 오직 나만의 외딴 방이 있다

"병에 걸린 커다란 새처럼 날개를 접고 늪 바닥 수풀에 쉬며 거꾸로 흔들리는 어머니 늪이 물결친다 길이 비틀어진다 뱀 한 마리 지나간 자국이 늪으로 이어져 있다 나는 한 번 더 그네를 구른다 높이 더 높이 그리고 나는 손을 놓는다 어머니가 있는 늪을 향하여 나는 떨어져 내린다 언제까지나 언제까지나"

29

일
밤

엄마. 한평생 가족 때문에 날개를 펴지 못한 존재. 마당에 있는 그네를 타고 높이높이 올라가서 창문 안의 엄마를 보아요. 부엌에서 저녁 식사를 준비하는 엄마. 엄마가 있는 모든 곳으로 내 영혼을 보내요. 엄마가 있는 늪으로 내 사랑이 갈 거니까, 나도 엄마도 슬프지 않아요. 언제까지나, 언제까지나.

죽음의 아이-꿈

앤 섹스턴

난 얼음으로 만든 아이였어.
그리고 푸른 하늘이 되었지.
내 눈물은 두 개의 유리구슬이 되었어.
내 입은 말없는 울부짖음으로 굳어져 갔어.
그게 꿈이란 것이라고는 하지만
난 더 뚜렷이 기억해.

내 여동생은 나이 여섯에
밤마다 내 죽음을 꿈꾸었어.
"아이가 얼음이 되었어,
누군가가 그녀를 냉장고에 넣어서
아이스케이크처럼 딱딱하게 되었지."

나는 리버 소시지가 풍기던 악취를 기억해.
내 몸이 쟁반 위 마요네즈와 베이컨 사이에
어떻게 놓여져 있었던가를.
냉장고 소리가 멈추었어.
우유병이 마치 뱀 소리를 내었지.
토마토가 그 내장을 토해내고
캐비어는 용암이 되었어.

피멘토 치즈가 큐피드처럼 키스를 했어.

나는 바다가재처럼 움직였다.

천천히 천천히,

공기는 갑갑하고

충분치도 않았었지.

나는 개들의 파티장에 있었어.

나는 그들의 뼈다귀가 되고

신선한 칠면조 고기처럼

그 개집에 놓여져 있었어.

이건 내 여동생의 꿈이지만

난 그것이 조각조각이 떨어져 나간 것을 기억해.

톱밥이 깔린 마룻바닥, 분홍빛 눈

분홍빛 혀 그리고 이빨, 손톱에서 풍기는

질병의 냄새를.

나는 모세처럼 끌려 나와

커다란 잉어처럼 뛰어오르는

열 마리의 성난 황소 같은

열 마리의 보스톤 불테리어 개

앞발에 짓밟혔지.

처음에 나는 사포처럼 거친

천에 싸였어. 그리고

나는 청결해졌어.

그리곤 내 팔이 사라져버렸다.

나는 조각조각 떨어져 나갔다.

놈들은 내가 완전히 사라져버릴 때까지

나를 사랑했었다.

30

일
밤

이런 것을 악몽이라고 해야 할까? 아니면 현실의 반영이라고
해야 할까. 누군가에게 평가당하고 이용당하고 존재의 의미
마저 거세당하는 약자의 신음이라고 해야 할까. 매 순간 존재
자체로 존중받고 빛나기보다 그저 탐욕의 대상이 되는 소녀의
현실이 꿈으로 전이된 것은 아닐까. 때로 인간이 야생 들개들
보다 더 잔인한 순간이 있다. 시는 비유를 통해 사회의 이면을
보여주기도 한다. 이 시를 보면 악몽보다 더 생생한 누군가의
현실이 떠오른다.

칼로 사과를 먹다

황인숙

사과 껍질의 붉은 끈이
구불구불 길어진다.
사과즙이 손끝에서
손목으로 흘러내린다.
향긋한 사과 내음이 기어든다.
나는 깎은 사과를 접시 위에서 조각낸 다음
무심히 칼끝으로
한 조각 찍어 올려 입에 넣는다.
"그러지 마. 칼로 음식을 먹으면
가슴 아픈 일을 당한대."
언니는 말했었다.

세상에는
칼로 무엇을 먹이는 사람 또한 있겠지.
(그 또한 가슴이 아프겠지)

칼로 사과를 먹으면서
언니의 말이 떠오르고
내가 칼로 무엇을 먹인 사람들이 떠오르고
아아, 그때 나,
왜 그랬을까······

나는 계속

칼로 사과를 찍어 먹는다.

(젊다는 건,

아직 가슴 아플

많은 일이 남아 있다는 건데.

그걸 아직

두려워한다는 건데.)

31
일
밤

과일을 깎고 나서 무심코 과도로 찍어 먹기도 한다. 종종 있는
일. 무심하게 칼의 날카로움인지도 모르고 누군가의 마음을
다치게 한 적이 있다. 종종 있는 일. 인간은 무심해서, 칼이 될
때가 있다.

고통, 거기엔
망각의 요소가 있어

에밀리 디킨슨

고통, 거기엔 망각의 요소가 있어
기억하지 못하지
그것이 언제 시작됐는지, 있기는 했는지
고통이 없었던 시간이−

고통엔 미래는 없고 단지 그 자체뿐이지
고통은 무한하고
고통의 과거는 지각하고 깨달았지
고통의 새로운 시대가 도래했음을

32
일
밤

고통은 말해져야만 한다. 고통이 없다고 여겨지는 사회는 끔찍하다. 우리에게는 고통이 있는데, 없는 척한다면 그것이야말로 진실이 없는 사회가 아닌가. 이 사회는 완벽하지 않고, 불완전함으로 인해 고통은 조금씩 우리 사이를 돌아다닌다. 고통을 불러줘야 한다. 그렇게 고통의 등을 어루만져야 한다.

역방향

손미

등으로 달려갔다 끝까지 널 응시하면서
잘 잊었으니 내게 상을 줘야 한다

뚫고 지나갔던 공기가 다시 모이고 뚫고 갔던 몸이
다시 온전해지기까지

세상의 모든 기차가 출발하고 있다

지루한 날마다 지루한 송충이를 따라갔다
송충이는 기어서 기어서
나무에 오르다가
손을 모으고 나무에 얼굴을 묻은 사람의 티셔츠 속으로
떨어졌지

끝나지 않는 터널을 지나는 기차
포식자의 위장을 내려가는 산 물고기

여기는 어디인가

나는 자주 너의 꿈을 꾼다
내가 잘못한 걸까
잘 살 수 있을까.
없이,
너 없이,
없이,
우리 없이,

두 손은 언제까지 두 개일까
우리는 언제까지 상관있을까

등으로 달려간다
끝까지 마주 보면서 멀어진다

33
일
밤

포식자의 위장을 휘젓는 살아있는 물고기를 생각해본다. 이것
은 치열한 전투. 포식자는 산 물고기를 소화하려 하고, 산 물
고기는 소화되지 않고 살아남으려 한다. 역방향으로 돌진하는
약자. 이것은 약자에게 끔찍하고 잔인한 전투. 행성을 뒤집으
면 마주 볼 수 있을까. 포식자와 피식자는. 마주 본다는 것이
무엇일까. 우리는 어떤 행성에 머물고 있나.

아이디어

비스와바 쉼보르스카

아이디어 하나가 내게 떠올랐다.

시구詩句를 위한? 아니면 시詩를 위한?

그래 좋아 – 내가 말한다 – 잠깐, 우리 얘기 좀 하자.

너에 관해 좀더 많은 걸 말해줘.

　그러자 내 귀에 대고 몇 마디를 속삭인다.

내가 말한다 – 아, 그런 얘기였군, 흥미로운걸.

실은 오래전부터 이 문제가 마음에 걸렸어.

하지만 이에 관해 시를 쓰라고? 안 돼, 절대로.

　그러자 내 귀에 대고 몇 마디를 속삭인다.

내가 대답한다 – 단지 네 눈에 그렇게 보일 뿐이야.

나의 재능과 능력을 과대평가하는군.

난 어디서부터 시작해야 할지조차 모르겠다니까.

　그러자 내 귀에 대고 몇 마디를 속삭인다.

내가 말한다 – 네가 틀렸어, 간결하고 함축적인 시를 쓰는 건

긴 시를 쓰는 것보다 훨씬 더 힘든 일이라고.

날 그만 좀 괴롭혀, 강요하지 말라고, 그래봤자 소용없다니까.

　그러자 내 귀에 대고 몇 마디를 속삭인다.

알았어, 해볼게, 네가 그렇게 고집을 피우니 말이야.

하지만 분명히 경고하는데, 어떤 결과가 나올지는 장담할 수

없어.

나는 쓰고, 찢어버리고, 휴지통에 버린다.

그러자 내 귀에 대고 몇 마디를 속삭인다.

내가 말한다―그래, 네 말이 맞아. 다른 시인들도 얼마든지 있다고.

어떤 이들은 나보다 훨씬 뛰어나다니까.

그들의 이름과 주소를 네게 줄게.

그러자 내 귀에 대고 몇 마디를 속삭인다.

그래, 당연하지. 나는 그들을 부러워하게 될 거야.

우리는 졸작을 놓고도 서로 질투하니까.

하지만 이 경우는 말이야, 반드시…… 이러이러한 점을 갖고 있어야 할 듯……

그러자 내 귀에 대고 몇 마디를 속삭인다.

그래, 바로 그거, 네가 꼽은 그런 자질 말이야.

자, 그러니 이제 주제를 바꾸는 게 좋겠어.

커피 한잔할래?

그러자 한숨을 내쉬었다.

그리고 서서히 자취를 감추었다.

그리고 사라졌다.

34
일
밤

시 쓰는 일이란…… 천국과 지옥을 수시로 왔다 갔다 하는 천형의 일. 시를 쓰면 쓸수록 낯설어지니, 정말 시란 무엇일까. 오랜 시간 읽고 써도 시라는 세계는 무궁무진한 비밀들로 가득 차 있다. 즐겁기도 하지만 힘들 때가 더 많다. 그럼 그만 쓰면 되는데…… 그게 또 마음대로 되지 않는 것이 시라는 왕국.

이수역 7번 출구

최정례

폐기물이 된 인공위성이 지구를 향해 떨어지고 있었다. 어디에 떨어질지 모른다. 아메리카, 유럽, 아시아 어디쯤인지. 한국은 작은 나라라서 그 확률이 적다고 한다. 휴, 다행이다. 그러나 버스만 한 크기라고 했다. 버스만 한 쇳덩이가 공중에서 달려오고 있다.

몇분 전에는 새해 복 많이 받으세요라는 문자를 받았다. 이상하다, 지금은 9월이고 오늘은 28일인데, 너무나 바빠서 새해가 된 것도 모르고 있었단 말인가. 그러고 보니 늘어선 가게들이 문을 닫고, 떠도는 공기가 냉랭하고, 사람들의 발걸음이 몹시도 빨라졌다. 어느새 해가 바뀌었던 말인가. 내가 뭔가 착각하고 있는 것 같다. 지나가는 사람에게 물어보았다. 오늘이 며칠인가요? 그는 나를 아래위로 한번 쳐다보더니 그냥 가버린다. 폐인공위성이 떨어지면서 갑자기 이상한 시간이 도래했는데, 모두들 다 무사한 것처럼 살아간다.

폭설 다음 날 흔적도 없이 사라졌던 눈처럼 시간이 뭉텅 사라져버렸다. 망가진 인공위성이 공중을 달려오는 사이 나는 전에 살던 사당동 708번지를 지나고 있었다. 집은 온데간데없고 거기엔 이수역 7번 출구가 서 있다. 그럴 리 없다. 내 기억이 고집스럽게 그걸 인정하지 않고 있다. 기억은 직조하듯 잘 나가다가도 느닷없이 움찔한다. 그 집은 가압류당했다가 결국 날리지 않았던가. 벌써 수십년 전 얘기를 마음이 짜나가다가

찢는다. 전철 문이 스르르 열려 사람들을 뱉어놓고 다시 닫힌다. 근처를 지나던 블랙홀 속으로 나의 일부가 뭉텅 빨려들고 있다.

35
일
밤

우리가 살고 있는 이 세계는 진짜일까? 가끔 나는 오소소 소름이 돋을 때가 있다. 설마 이런 일상이 이 세상의 전부라고? 혹시 폐인공위성이 떨어지면서 나는 변한 게 아닐까? 어릴 적 살던 동네가 모두 사라지고 새 건물과 새 도로가 생겼다. 도시는 고향이 없다.

친구들–사춘기6

김행숙

주소록을 만들기로 한 날이었어요. 애들은 종이에 썼어요. 여기에 내가 있고 여기에 내가 없고 저기에 내가 있고 저기에 내가 없고 3시에 바닷가에 있었고…… 정말 시들을 쓰고 있더라구요. 우린 모두 일목요연해지려고 모였다구.

우리에겐 특별한 날이잖아. 실용적인 주소록을 만들기로 해. 우린 모두 지쳤기 때문에 동의했어요. 무섭게 조용해졌는데, 전화벨이 울렸어요. 내가 모임에 빠진 거 애들이 아니? 이해해. 우린 너무 많아졌으니까. 나는 앰뷸런스에 실려 가는 중이야. 지옥행을 시도했거든.

네가 대신 아무렇게나 써줘. 폭신한 침대에 내가 누워 있고 지옥문 앞에 내가 있고 다시 약국에 내가 있고 엄마 손에 잡혀 나는 어디론가 끌려가고 있고 꽃잎이 떨어져서…… 그런데 절대 시 쓰진 마. 그냥 아무렇게나 쓰면 돼.

걘 멋진 데가 있었어. 우린 모두 조금씩 그래. 애들은 종이에 썼어요. 얘들아, 우린 추억하려고 모인 게 아니잖아. 3시에 바닷가에 있었고 모레에는 기차를 탈 거야. 가끔 우리는 여기에 있을 거야. 우린 천천히 조용해졌어요.

36

일
밤

아무렇게나 써도 시가 된다면. 사실 진실한 우리의 마음은 '아무렇게나'에 있을지도 모른다. 아직 정해지지 않은, 아직 정리되지 않은 '아무렇게나⋯⋯' 말이지. 내 마음은 아무렇게나 흩어져있다. 정리하지 못하고 있다. 오늘 아침에는 슬픔이 끝나지 않고, 나의 친구들은 어디로 갔을까.

행복을 찾는 사람

루시 모드 몽고메리

행복을 찾아 헤맸어요.
오, 간절한 열망으로 멀리멀리 탐험했지요.
산과 사막과 바다까지 뒤졌어요.
동쪽에 가서 묻고 서쪽에서도 물었지요.
사람들이 북적이는 아름다운 도시도 가고
햇살 많은 푸른 바닷가도 찾아다녔지요.
궁전 같은 집에 묵으며
서정시도 짓고 웃으며 즐겼지요.
오, 세상은 내가 간청하고 빌었던 것을 많이도 줬어요.
그러나 그곳에선 행복을 찾지 못했습니다.

그래서 실개천 가에 자그마한 흙벽 집 한 채가 있는
내 오랜 골짜기로 발길을 돌렸습니다.
산마루를 호위하는 보초병 전나무 숲에
온종일 바람이 휘휘 부는 그곳.
골짜기 위에 자리잡은 고사리숲을 지나
어린 시절 걷던 오솔길을 구불구불 걸었습니다.
들장미 정원 앞에 이르러
달콤한 향기를 들이켜는데,
옛 시절처럼 내 집의 불빛이 어스름한 땅거미를 밝혔지요.
그리고 문 앞에선 행복이 나를 기다리고 있었습니다.

37

일
밤

행복을 찾아 먼 곳을 돌고 도는 일. 현대인의 병일지도 모른다. 행복이 욕망과 자본과 동일시되는 것일까? 과연 행복의 실체는 무엇일까? 행복을 찾아 헤매는 일. 나의 병일지도 모른다.

별과 침

최문자

세상은 침으로 가득했다

짐승처럼 서로 먹이를 바라보다 침을 흘렸다

아무도 침을 닦아주지 않았다

가끔 흐르는 침을 참을 수 없어서 산으로 갔다

밤 자작나무들이 새파란 침을 흘렸다

이파리 다 따버린 검은 바위들도

무릎 꿇고 침을 흘렸다

뿌리를 갉아 먹다 세상으로 나온 미물의 입술에도

죽은 버섯의 어깨에서도

침 냄새가 났다

눈물을 참듯 침을 참고 하산할 때

얼마든지 침을 삼키고도 반짝이는 별을 보았다

침에 젖지 않으려고 붓을 말렸다

별빛으로 붓을 말렸다

38
일
밤

인간의 욕망이 침을 흐르게 만든다. 인간의 욕망은 이상하게
짐승의 허기와 닮아있다. 인간도 짐승의 일부일까. 그래도 무
엇이든 쓰자. 쓰는 행위는 우리에게 별빛을 선사한다. 별빛으
로 붓을 말리는 순간만큼은 반짝일 수 있다.

밤바다

마울라나 잘랄루딘 루미

우리는 번쩍이는 빛들로 가득 찬
밤바다
여기 함께 앉아있는 동안 우리는
물고기와 달님 사이의 공간

39
일
밤

해변에 앉아있다. 밤에는 바다가 더 잘 보이지. 무섭고 신비롭다. 여행을 함께 가고, 해변을 함께 거닐고. 우리는 밤바다를 바라보며 소주를 마셨다. 신비롭고 다정하다. 우리는 서로의 밤바다 속에 마음을 담그었다. 너의 바다에는 내 마음을. 나의 바다에는 네 마음을. 섬광처럼 빛나는 서로의 마음을.

死[사]와 生[생]의 理論[이론] 김우진

−왜 살고 잇소.

−죽을녀고.

−그러면 남이 죽이거나 當身[당신]이 스스로 죽이기를 願 [원]하오?

−아니요.

−왜?

−사는 것이 죽음이 되는 일도 잇지만, 죽음이 사는 수가 잇는 理致[이치]가 잇는 것을 아오?

−그럴 道理[도리]도 잇겟지.

−道理[도리]로 生覺[생각]해서는 안되오.

−그러면?

−삶이나 죽음이나 道理[도리]가 아니요. 둘이 다 實狀[실상]은 生[생]의 兩面[양면]에 不過[불과]하오. 그러닛가 道理[도리]를 넘어서 生[생]의 核心[핵심]을 잡으려는 이에게는, 삶이나 죽음이나 問題[문제]가 되지 안소.

−當身[당신]은 只수[지금] 살고 잇소?

−아니요. 그러나 死[사]를 바래고 잇소. 참으로 살녀고.

40

일
밤

삶과 죽음은 양면. 우리는 태어나는 순간, 삶의 시작점에서 죽음의 예감을 함께 가지고 간다. 인간의 삶이 시작되는 순간 죽음도 시작되는 법이니까. 그것이 생명체의 신비이자 한계. 죽음이 끝이라고 할 수 있을까? 죽음 다음에 삶이 찾아오니 또 다른 시작이 아닐까. 한 존재의 회귀가 아니더라도 나의 죽음이 다른 이의 생명을 축복해주는 방식일 수 있지 않을까. 죽음이 있으니 삶이 빛나는 것이 아닐까.

나의 마음 우울해지면

하인리히 하이네

나의 마음 우울해지면,
옛일을 그리워하며 생각한다.
세상은 그때 그리 좋았었는데,
사람들은 평온하게 살아갔었다.

하지만 지금은 모든 것이 뒤바뀌어,
비극과 비참이 가득하다.
하늘에서는 신이 돌아가셨고,
땅에서는 악마가 죽었다.

모든 것들이 참을 수 없이 슬프고 어둡고,
엉망으로 뒤섞이고 부서지고 차갑게만 보인다.
사랑이라는 작은 것이 없었다면
설 곳도, 붙잡을 것도 없었을 것이다.

41
일
밤

우울은 검은 담즙이 흘러나오는 것이라고 한다. 차가운 성질을 가졌다고 한다. 고대 때부터 우울은 인간의 내부에 있는 또하나의 세계라고 보았다. 우울은 우리의 친구. 우울은 울창하게 우리 안에서 뻗어나가는 차가운 숲. 누구나 우울할 때가 있다. 우울은 우리의 마음. 숲이 검게 물들 때, 우울 안에 있게 되면 우리는 차가워진다. 햇빛 아래로 나와야 한다. 거리로 나가자. 따사로운 햇살 아래에서 광합성을 하자.

종이 한 장을 사이에 두고

방 안에는 난로불이 놓여있고
영감이 과일 사오라며
하는 말이
"날씨가 춥지 않은데 불이 너무 뜨겁구나,
나를 태워 죽게 하지 마라."
방 밖엔 한 거지가 누워서
이를 악물고 북풍을 향해 외친다,
"아이고 죽겠다" 하고.
안되었다 방 밖과 방 안,
겨우 얇은 종이 한 장을 사이에 두고

42

일
밤

방 안과 방 밖. 공간의 차이이자 그것이 표현되는 언어의 차이, 종이의 차이. 방 안에서 자신을 태워 죽이지 말라는 말과 방 밖에서 추위에 떨며 죽겠다고 고통을 호소하는 세상사가 펼쳐진다. 과잉도 결핍도 종이 한 장 차이. 하지만 나는 방 밖의 사람들의 고통에 마음이 간다. 과잉은 어떤 의미에서는 죄가 아닐까.

국어선생은 달팽이

함기석

당나귀 도마뱀 염소, 자 모두 따라 해!
선생이 칠판에 적으며 큰 소리로 읽는다
배추머리 소년이 손을 든 채 묻는다
염소를 선생이라 부르면 왜 안 되는 거예요?
선생은 소년의 손바닥을 때리며 닦아세운다
창밖 잔디밭에서 새끼염소가 소리친다
국어선생은 당나귀
국어선생은 도마뱀
염소는 뒷문을 통해 몰래 교실로 들어간다
선생이 정신없이 칠판에 쓰며 중얼거리는 사이
염소는 아이들을 끌고 운동장으로 도망친다
아이들이 일렬로 염소 꼬리를 잡고 행진하는 동안
국어선생은 칠면조
국어선생은 사마귀
선생이 창문을 활짝 열어젖히며 소리친다
당장 교실로 들어오지 못해? 이 망할 놈들!
아이들은 깔깔대며 더욱 큰소리로 외쳐댄다
국어선생은 주전자
국어선생은 철봉대
염소는 손목시계를 풀어 하늘 높이 던져버린다
왜 시계를 던지는 거야? 배추머리가 묻는다

저기 봐, 시간이 날아가는 게 보이지?

아이들은 일제히 시계를 벗어 공중으로 집어 던진다

갑자기 아이들에게

오전 10시는 오후 4시가 된다

아이들은 기뻐하며 집으로 돌아가기 시작한다

선생이 씩씩거리며 운동장으로 뛰쳐나온다

그사이, 운동장은 하늘이 되고

시계는 새가 된다

바람은 의자가 되고

나무들은 자동차가 된다

국어선생은 달팽이!

국어선생은 달팽이!

하늘엔 수십 개 의자가 떠다니고

구름 위로 채칵채칵 새들이 날아오른다

구름은 아이들 눈 속으로도 흐르고

바람은 힘껏

국어책과 선생을 하늘 꼭대기로 날려보낸다

43
일
밤

선생님! 선생님을 다르게 불러봅니다. 계단, 창문, 소각장, 지하실, 로봇, 여행 가방, 휴대폰, 신발, 지휘봉, 아크릴물감, 빗자루, 여드름 연고, 진통제, 안경······ 동물에서 무생물로 옮겨봅니다. 그냥 내 마음이에요, 선생님! 재밌어요! 선생님을 다르게 부르는 게 시라면, 선생님을 다르게 볼 수 있는 내 마음도 뻥 뚫리는 기분! 선생님! 잠깐만 무생물이 되어주세요. 그렇게 제 상상 안으로 들어와 주세요.

해당화

소동파

동풍은 솔솔 불고 환한 빛은 감도는데
자욱이 덮여 있는 향기 어린 안개 속에
달은 말없이 낭하를 돌아간다.
밤 깊으면 꽃이 그만 자버릴까 저어하여
긴 촛불 손에 들고 발간 얼굴 비춘다.

44
일
밤

꽃이 잠드는 시간. 한 사람이 등불을 들고 사랑하는 사람의 마음을 들여다보고 있다. 해당화는 그 사람의 마음을 품고 있으니까. 아니, 그 사람을 그리워하는 내 마음이 피어난 것.

호랑이

윌리엄 블레이크

호랑이여, 호랑이여, 캄캄한
숲속에서 이글거리며 불타는,
어떤 신의 손 혹은 눈이
네 무시무시한 균형 잡힌 몸매를 빚을 수 있었던가.

어떤 먼 심연 혹은 하늘에서
네 눈의 불이 타오를 수 있었던가.
어떤 날개를 타고 그가 감히 솟아오르려 했던가.
어떤 손이 감히 그 불을 잡으려 했던가.

어떤 어깨, 어떤 기술이
네 심장의 근육을 비틀 수 있었던가.
그리고 네 심장이 고동치기 시작했을 때,
어떤 두려운 손이, 그리고 어떤 두려운 발이.

어떤 망치가, 어떤 사슬이,
어떤 용광로에 네 두뇌는 있었던가,
어떤 철상撤床이 어떤 두려운 포착이
감히 그 치명적 공포를 쥘 수 있었던가.

별들이 창을 내리던지고,
하늘을 눈물로 적셨을 적에,
신은 그의 작품을 보고 미소 지었던가?
양을 만드셨던 그분이 너를 만들었는가.

호랑이여, 호랑이여, 캄캄한
숲속에서 이글이글 불타는
어떤 신의 손 혹은 눈이
감히 네 끔찍한 균형 잡힌 몸매를 빚었던가.

45

일
밤

호랑이는 맹수이다. 신의 작품이다. 이글거리는 존재이다. 호랑이는 고독하다. 맹수는 홀로 있다. 끔찍한 피라미드 생태계에서 호랑이는 완전하다. 그 생태계를 파괴하고 호랑이를 끌어내리는 유독한 존재가 있는데, 그것이 바로 우리.

비 오던 그날

백국희

꿈은 사실이 될 수 있어도 사실은 꿈이 아니다……

곰팡내 나는 공기 속에
아득한 이상이 호흡하고
말없이 타는 다리아의 가슴은
얼어붙을 듯 초조하다
오늘의 바다는 네멋대로 딩굴려니와
마음 한복판엔 배 지나간 뒤 같이
한 줄기 흰 길이 남았을 뿐
바람 함께 뿌리는 비는
가슴속 숨은 감명에 등불을 켠다

겁 없이 떨던 심금의 줄을 더듬어 보기도 하나
마음은
폐허의 골목같이 그저 호젓만 하다

46
일
밤

언니. 나는 한때 비 오는 날을 제일 좋아했어. 아스팔트 바닥에서 피어오르는 한기, 건물 벽에 부딪혀 툭툭 터지는 빗방울 소리, 유리창에 그어지는 물 얼룩들, 어깨를 부딪치는 색색의 우산들, 사람들의 빠른 발걸음, 찰박찰박 물웅덩이가 밟히는 소리……. 마음이 힘들 때, 마음이 이상한 상처로 폐허가 되었을 때 비 오는 날을 더 좋아한 것 같아. 빗소리를 들으면 시원하고 투명하게 상처가 씻겨나가는 느낌……. 그럴 때 상점의 간판에 불이 켜지면 마음속에 따뜻한 등불 하나 켜지는 기분이었지. 언니, 비 오는 날, 언니는 먼 이국에서 뭘 할까? 천막지붕에 떨어지던 빗소리를 들으면서 우리가 포장마차에서 함께 들이켜던 오뎅 국물과 맥주 한 잔을 떠올릴까? 언니, 마음의 폐허를 함께 나누던 언니.

괴로운 자

김언

우리는 사랑 때문에 괴롭다. 사랑이 없는 사람도 사랑 때문에 괴롭다. 그래서 사랑 자리에 다른 말을 집어넣어도 괴롭다. 우리는 사람 때문에 괴롭다. 우리는 사탕 때문에도 괴롭다. 한낱 사탕 때문에도 괴로울 때가 있다. 우리는 무엇이든 괴롭다. 사탕 자리에 무엇이 들어가도 우리는 괴롭다. 사람도 사랑도 모조리 괴롭다고 말할 때 우리는 말 때문에 다시 괴롭다. 우리는 말하면서 괴롭다. 말한 뒤에도 괴롭고 말하지 못해서도 괴롭다. 말하기 전부터 괴롭다. 말하려고 괴롭고 괴로우려고 다시 말한다. 우리는 말 때문에 괴롭다. 괴롭기 때문에 말한다. 괴롭기 때문에 우리가 말하고 우리에게 말한다. 누구에게 더 말할까? 괴로운 자여, 그대는 그대 때문에 괴롭다. 그대 말고 괴로운 사람이 있어도 괴롭다. 그대 말고 괴로운 사람 하나 없더라도 그대는 괴롭다. 괴롭다 못해 외로운 자여, 그대는 내가 아니다. 나는 나 때문에 외롭다. 나는 나 때문에 괴롭고 괴롭다 못해 다시 말한다. 나는 나 때문에 말한다. 나는 나 때문에 말하는 나를 말한다. 나는 나 때문에 내가 아니다. 나는 나 때문에 늘 떠나왔다. 나는 나 때문에 그곳이 괴롭다. 내가 있었던 장소. 네가 머물렀던 장소. 사람이든 사랑이든 할 것 없이 사탕처럼 녹아내리던 장소. 그 장소가 괴롭다. 그 장소가 떠나지를 않는다. 그 장소를 버리고 그 장소에서 운다. 청소하듯이 운다. 말끔하게 울고 말끔하게 잊어버리고 다시 운다. 그 장소에서 그 장소로 옮겨 왔던 수많은 말을 나 때문에 버리고 나 때문에 주워 담고 나 때문에 어디 있는지 모르는 그 장소를 나 때문에 다시 옮겨 간다. 거기가 어딜까? 나는 모른다. 너도 모르고 누구도 모르는 그 장소를 괴롭다고만 말한다. 괴롭지 않으면 장소가 아니니까. 장소라서 괴롭고 장소가 아니라서 더 괴로운 곳에 내가 있다. 누가 더 있을까? 괴로운 자가 있다.

47
일
밤

형. 나도 그래. 괴롭다고 말하니 괴로워. 괴롭다고 말하지 않
으려니 괴로워. 괴로워서 괴롭고 괴롭지 않으려고 해서 괴롭
고. 괴로운 것들이 모여서 삶이 된다고 말하지 마. 괴로움 끝
에 괴로운 죽음이 있다고 말하지 마. 그럼 너무 괴로워서, 너무
괴로워서. 울면서 괴로워서.

꿈

에드거 앨런 포

어두운 밤의 환상 속에
나는 기쁨이 떠나는 꿈을 꾸었다.
그러나 삶과 빛의 백일몽이
나를 상심하게 만들었다.

아! 주위의 사물을 바라보며
과거에 한 가닥 시선을 줄 때
백일몽 아닌 것이
이 세상 어디에 있을까?

거룩한 꿈—그 거룩한 꿈은
온 세상이 꾸짖어도
사랑스러운 빛으로 나를 응원했다
외로운 영혼을 인도하며

그 빛이 폭풍우와 밤을 뚫으며
멀리서 그렇게 떨었어도
낮에 뜨는 진리의 별 속에
그보다 더 순전하게 밝은 것이 무엇이 있을까?

48
일
밤

원해서 태어난 것은 아니었지만, 모든 것이 백일몽이라니. 우리
의 탄생과 죽음은 누구의 의지일까. 탄생과 죽음이 나의 의지가
아니라면, 이 삶이 백일몽인 것이라면, 한바탕 즐겁게 놀다 가
도 되는 것, 기쁨도 슬픔도 아픔도 모두 즐기다 가는 것.

✦ 신은 웃었다

유계영

취한 차라투스트라의 등을 두드려주었다 전신주에 기댔더라면 좋았겠지만 나는 반듯하고 단단한 사람이니까 세상의 모든 전신주만큼 믿음직스러울 수밖에 없겠지

차라투스트라에게 내가 무수한 전신주 중 하나의 전신주에 불과하더라도 모욕일 리 없다 차라투스트라의 토사물을 손으로 받았을 때 반듯하고 단단한 사람의 어쩔 수 없음에 감격하여 조금 울 뻔했지만 나는 차라투스트라의 구토를 손바닥에 올려보기 위해 태어난 것이 분명하다 차라투스트라의 과거가 마침내 나의 손바닥 위로 폭발한 것

그렇다 차라투스트라의 미래를 제외한 차라투스트라의 모든 것, 그의 위장에서 식도를 타고 구강을 열고 나에게로 쏟아진 것 차라투스트라는 눈이 멀어버렸다 그의 모든 빛이 내 손아귀에 있기 때문이다

밤의 토실토실한 손가락을 쥐고 세게 흔들어보는

대강대강 잎사귀를 늘어뜨린 층층나무 있었고

차라투스트라는 말했다 자네는 부끄러움이 뭔지 아나
아름다움과 비슷한 거냐고 되물으려다 그가 하찮게 보이기 시작했다 꼭 쥐고 있던 빛 때문에 그의 곰보 자국이 더욱 잘 보였

기 때문일지도 모른다 자고 가기 싫어요 밖에서는 똥도 못 누고 곱슬거리는 머리카락을 드라이할 고데기도 없고
옥신각신

거절당한 차라투스트라는 세상의 모든 전신주에 가로막힌 듯 고독을 만끽해본다 고독에는 차라투스트라와 어울리는 도저함이 있다 고독은 자존심이 세며 스스로 눈멀어버리는 것이며 암흑 속에서 더 잘 보이는 부끄러움을 아는 것 나에게는 부끄러움이 없지만 차라투스트라에게서 수여받은 빛과 약간 찝찝한 손이 두 개씩이나 달려 있다

미화원은 단 한 번도 차라투스트라를 힐끔거리지 않고 새벽안개의 실오리를 풀어내느라 여념 없었지
이 새벽은 누군가에게 끝없이 보고되고 있을까 왕 노릇에 심취한 아버지라든가 활자 중독자들에게
그들에겐 삶의 목적이 될까 잼잼거리는 재롱이 될까
층층나무 아래 우렁차게 곯아떨어진 차라투스트라의

몰락이 내 손바닥 위에서 빛나고 있다
얼굴을 묻었다

49
일
밤

모르겠다. 나의 이십 대여. 취한 차라투스트라는 왜 이렇게 많이 왔던가. 모르겠다. 지금도 취한 차라투스트라의 골목들이 있을까? 우리는 각자의 골목에서 홀로 취한 채 신의 얼굴을 맞이하고 있을까?

나는 환영을 친구 삼아
살았었네 - 소네트 26

엘리자베스 배럿 브라우닝

나는 환영을 친구 삼아 살았었네
그들은 여느 여자나 남자보다 더 온화한 동반자들
당신들이 연주한 음악만큼
달콤한 것은 없을 거라 생각했네
하지만 그들의 긴 옷자락에도
세상의 먼지가 묻어나기 시작했고
그들의 류트는 조용해졌고
사라지는 그들의 눈에 내가 희미해지다 보이지 않게 되었네
그때, 그대가 내게 오시었네
그대는 그들이 보였던 모습 그대로
그들의 빛나는 얼굴, 노래, 찬란함이
만남을 이루었고
그 속에서 내 영혼은 충만해졌네
신이 내게 준 선물은 인간이 바라던 최고의 꿈도
무색하게 해버렸네

50

일
밤

환영이 친구였던 시기를 지나, 가장 큰 영혼의 선물이 온다면,
그것은 무엇일까.

살아가는 동안 누구에게든 영혼의 선물이 오는 순간이 있다.
다가오는 그것이 선물인 줄 알아채는 순간이. 그 선물을 품에
안고 어쩔 줄 몰라 하며 환희에 들뜰 날이. 잘은 모르겠지만,
나에게는 그것이 '시'가 아닐까.

해 지고 별 뜰 때까지

크리스티나 로제티

나에게서 떠나세요, 여름의 친구들이여, 머물지 마세요,
난 여름 친구가 아닙니다, 단지 겨울의 친구일 뿐,
무리에서 떨어져 헤매는 어리석은 한 마리 양이고,
가시 가득한 정원 뜰의 굼벵이이니.
충고합니다. 당신 뜰을 내 정원에서 떼어내세요,
즐거운 곳에 머물며, 당신의 황금을 쌓으세요,
나처럼 들판에서 떨지 말고,
메마른 땅에서 목마르고 굶주리지 말고.
난 가시울타리에 둘러싸여,
홀로 살며, 홀로 죽기를 기다립니다.
그러나 때로는, 바람이 사초 풀밭 사이에서 한숨 쉴 때,
내 지난 세월의 유령들과 친구들이 돌아옵니다,
내 가슴은 한숨짓습니다, 제비들이 날아간 후
어느 여름 다시 돌아오지 않을 하늘길 위를.

51
일
밤

무리에서 떨어져 나와 헤매는 한 마리 양처럼 지금껏 살아온 기분. 앞으로 또 어디를 헤맬까? 헤매다 보면 지난 세월의 친구들과 친밀한 유령들이 나를 따뜻하게 안아줄까? 아무래도 우리는 조금씩 헤매는 양. 양 떼에서 떨어져 나오는 순간들이 있지. 하지만 그것은 누구에게나 찾아올 수 있는 것. 헤매다 다시금 만나기도 하는 것.

개 이반 세르게예비치 투르게네프

방 안에는 개와 나 둘뿐이고, 밖에서 사나운 폭풍이 몰아치고 있다,

개도 내 앞에 앉아 물끄러미 나를 바라본다,

나도 개를 바라보고 있다.

개는 무슨 말인가를 나에게 하고 싶어 하는 눈치다. 개는 말을 모른다. 자기 자신을 이해하지 못한다. 그러나 나는 개의 심정을 이해한다,

나는 알고 있다─지금 이 순간, 개도 나도 똑같은 감정에 젖어 있다는 것을, 우리 둘 사이에는 어떤 간격도 없다는 것을, 우리는 조금도 다를 것이 없다, 똑같이 전율에 떠는 불꽃이 저마다의 가슴 속에 불타며 빛나고 있다.

언젠가 죽음이 다가와 이 불길을 향해 싸늘한 넓은 날개를 퍼득거리리라.

그러면 끝장이다. 그렇게 되면 누가 알리, 저마다의 가슴 속에 어떤 불길이 타고 있었던가를.

그렇다! 지금 시선을 교환하고 있는 것은 동물도 아니고 인간도 아니다. 서로 응시하고 있는 것은 동일한 두 쌍의 눈.

동물과 인간, 이 두 쌍의 어느 눈에도 동일한 생명이 서로를 의지하며 겁먹은 듯 다가서고 있는 것이다.

52
일
밤

개와 인간은 서로를 끌어당기는 에너지가 있다고 한다. 개가 인간을 바라보고 인간도 개를 바라본다. 개와 인간은 서로를 좋은 관계로 느끼는 유전자가 있다고 한다. 인간과 동물 사이에도 무작정 사랑을 느끼게 되는 에너지가 있다니. 서로를 소유하지 않고 학대하지 않고 존중할 수 있다면. 종과 종을 뛰어넘어 평등한 관계가 성립할 수 있다면. 삶과 죽음을 나눌 수 있다면.

다시, 불쌍한 사랑 기계

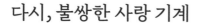

김혜순

너는 밤마다 이 기계를 하러 온다
문이 하나도 없는 기계
너는 어느 순간 공처럼
이 기계 속으로 뛰어들 수는 있다
그러나 들어오는 순간 너는 죽음을 먹게 된다
이 기계는 너를 먹고, 먹을 뿐
아는가, 너는 없다
오아시스에서 잠들었지만
자고 나면 늘 사막이라고나 할까

너의 손이 닿자 기계 전체가 살아난다
엠파이어 스테이츠 빌딩에서 내려다본 밤의 뉴욕처럼
기계 전체에 하나 둘 불이 켜지기 시작한다
너는 마치 경광등을 켠 앰뷸런스처럼
별들 사이를 헤엄쳐가는 핼리 혜성처럼
내 몸 안을 휘젓고 다닌다
고동치는 도시, 부르르 떠는 별의 골짜기
내 몸 속이 번쩍번쩍한다

그러나, 너, 착각하지 마라
차디찬 맥주라도 한 잔 마셔두어라
너는 이 기계의 서랍을 열어본 적이 있는가
서랍 속에는 너와 같은 모양의 쇠공들이
백 개 천 개 들어 있다
모두 불쌍한 사랑 기계 자체의 물건들이다

밤하늘에서 가늘게 떨고 있던 행성들을
통제하는 기분인가
인생 전체를 배팅하는 기분인가
그러나 속지 마라 떠들지도 마라
기계는 혼자서 자기 보존 프로그램대로
움직여가는 것일 뿐
너만을 모셔둘 곳은 이 기계 내부 어디에도 없다
네가 할 일이라곤 늘 처음으로 다시 돌아가는 것일 뿐
이 문 없는 기계가 만든 텅 빈 몸 속을 헤엄치는 것일 뿐

53

일
밤

사랑은 우리의 마음과 상관없이 펼쳐져 있다. 많은 이가 실패한다. 처음으로 돌아간다. 우리는 서랍 안에 갇혀있는 단단하고 작은 쇠공. 하지만 사랑은 우리가 손을 뻗으면 빛난다. 매혹과 열망…… 벗어날 수 없는 사랑 기계의 내부…… 그리고 사랑은 죽음의 입구를 열어 보인다.

며칠 후엔 눈이 오겠지
프랑시스 잠

－레오폴드 보비에게

며칠 후엔 눈이 오겠지. 기억나는 건

작년 이맘때. 내 마음, 얼마나 피를 흘렸는지!

'왜 그러는 거니?' 물었다면, 나는 이렇게 대답했을 거야.

'괜찮아. 그냥 내버려 둬. 겨울이니까.'

끔찍한 생각들! 그들로 인해 행복은 없었어.

지난해 이맘때, 무거운 눈이 쌓였을 때

세상이 덮이는 걸 지켜볼 뿐이었어.

그리고 지금 나는 담배를 피우고 있어.

호박색 나무 파이프.

그리고 여전히 내 오래된 참나무 서랍장에서는 좋은 냄새가 나.

그럼에도 나는 어리석었어.

변화란 불가능한 법인데, 우린 우리가 아는 것들을 몰아내길

바라며 그런 시늉만 했을 뿐.

어째서 우리는 생각이라는 걸 할까?

우리의 눈물과 우리의 입맞춤에 아무런 말 없어도,

우린 모두 다 알고 있는데, 한 친구의 발걸음이

그 어떤 부드러운 말들보다 더욱 부드러울 터인데.
별들에게 이름과 순위가 붙여졌지만
그들에겐 쓸모없는 것일 뿐.
어두운 밤을 가로지르며 지나가는
아름다운 유성들, 그것들을 증명할 숫자들마저도
별들에게 발걸음을 강요할 수는 없는 일이지.

어디 있을까. 내 오래된 작년의 슬픔들은 어디로 갔을까?
기억도 나지 않는다.
마음 울적해질 잡초 같은 것들.
누군가 내 방 앞에 와서
'왜 그러는 거니?'라고 물으면
'괜찮아. 그냥 내버려 둬.'라고 대답할게.

54
일
밤

친구라는 행성. 가끔은 내 심장 같고 가끔은 두렵기도 한 세
계. 다정하고 따뜻해서 영원한 안식처 같고, 작은 실수로도 얼
음처럼 차가워지는 북극해. 하지만 우리는 알고 있다. 친구의
발걸음이 "그 어떤 부드러운 말들보다 더욱 부드럽다"는 것을.
행성으로 건너가자. 부드러운 발걸음으로. 내 오랜 슬픔은 그
행성에 묻어두자.

✦ 비 오는 날

헨리 워즈워스 롱펠로

날은 춥고 쓸쓸한데
비 내리고 바람 그칠 줄 모르네.
허물어져 가는 벽에 덩굴은 여전히 매달려있지만
강풍이 불 때마다 죽은 잎사귀가 떨어지고
날은 어둡고 쓸쓸하기만 하네.

내 인생도 춥고 어둡고 쓸쓸한데
비가 내리고 바람은 끊임없이 불어
내 생각은 여전히 허물어져가는 과거에 매달려있지만
젊은 시절의 갈망들이 바람에 우수수 떨어지고
날은 어둡고 쓸쓸하기만 하네.

가슴아, 슬퍼하지 말고, 불평하지 마라
먹구름 뒤에는 여전히 태양이 빛나고 있으니
너의 운명도 모든 사람의 운명과 다름없고
어떤 삶에든 비가 내리고
어느 정도는 어둡고 우울할 수밖에 없는 법.

55
일
밤

어둡고 쓸쓸한 순간들이 모여서 깊어지는 것은 아닐까. 살아가는 일이 그저 일상의 반복일 뿐일지라도, 순간의 슬픔들이 모여 하나의 단단한 무늬를 만들기도 한다. 어둡고 쓸쓸한 무늬들이 삶의 깊이를 보여주는 지도가 아닐까. 그것이 그저 아프기만 한 것은 아니다. 삶의 풍요로움을 품고 있는 무늬들인 것.

비수

프란츠 카프카

어떤 사람이
비수처럼 느껴질 때
날카로운 것으로
당신의 마음을 마구 휘젓고
가슴 에이게 한다면

당신은 그를
사랑하고 있는 것

56
일
밤

떠올리는 것만으로도 내 마음이 베이는 사람이 있지. 커다란
칼날로 들어와 마음 더 깊은 곳으로 계속 박히는 사람이 있지.
그래서 온몸이 뜨겁고 신경 하나하나가 저며지는 기분이 들
때. 문득 깨닫게 되지. 그 사람을 사랑한다는 것.

나는 아름다움을 위해서
죽었답니다

 에밀리 디킨슨

나는 아름다움을 위해 죽었지만
무덤에 잘 적응하지 못했지요.
진실을 위해 죽은 이가
옆에 누워있었는데

그가 부드럽게 물었습니다. "왜 죽었습니까?"
"아름다움 때문에요." 내가 대답했습니다.
"나는 진리를 위해 죽었지요. 그 둘은 하나이니 우리는 형제
입니다." 그가 말했습니다.

그래서 우리는 형제처럼 밤에 만나 –
방 너머로 이야기를 나눴습니다.
이끼가 우리 입술을 덮을 때까지 –
우리 이름을 완전히 가릴 때까지 –

57
일
밤

아름다움과 진리는 하나라고 한다. 아름다움은 죽음을 뛰어넘어 진리의 얼굴을 보여준다. 우리는 매순간 죽었다가 깨어난다. 시간은 그렇게 이루어진 것이 아닐까? 죽음과 깨어남의 세밀한 교차. 아름다움과 진리의 얼굴이 우리를 나지막이 바라볼 때. 이상한 설렘. 묘한 전율. 시는 그런 것이 아닐까?

황혼

빅토르 위고

황혼이다.
나는 문간에 앉아 마지막 노동에 빛나는 하루의 끝을 바라본다.

밤에 적셔진 대지에
나는 누더기 옷을 입은 한 노인이
미래에 거두어들일 것들을 밭이랑에 뿌리는 것을 깊이 감동된
마음으로 본다.

노인의 검고 높은 그림자는
이 깊숙한 들판을 차지하고 있다.
그가 얼마나 시간의 소중함을 절감하고 있는지
나는 알 것도 같다.

58
일
밤

노인이라는 존재에 대해 나는 많은 생각을 해왔다. 삶에서 죽음으로 가는 시간성. 그 상징일까. 인간의 육체는 유한하다. 누구나 노화가 찾아온다. 먼 미래에는 과학 기술의 발달로 노화가 멈출 수도 있겠지만, 아직은 아니다. 노화를 늦출 수는 있어도 결국 죽음은 찾아온다. 하지만 그래서 인간은 아름답다. 황혼에는 빛의 스펙트럼이 넓어진다. 노인의 내부에는 끝도 없는 빛의 파장이 담겨있다.

✴ 감각

아르튀르 랭보

푸른 여름날 상쾌한 저녁이면 오솔길을 따라
밀 잎에 찔리며 잔풀을 밟는다.
꿈속을 헤매면서 내딛는 걸음마다
풀잎의 차가운 감촉을 느낀다.
바람이 내 머리카락을 흐트러뜨리도록 내버려 두리라.

말하지 않으리.
아무것도 생각하지 않으리.
하지만 끝없는 사랑이 내 영혼 속에서 솟아오르리니
나는 가리라.
저 멀리 보헤미안처럼 마치 연인과 함께 가듯 가슴 벅차게 자
연 속으로.

59
일
밤

자연의 감각은 우리를 살아있게 한다. 우리는 자연의 일부니까. 자연을 부수고 폐허로 만들 때마다 우리는 알아야 한다. 우리 자신을 파괴하고 있다는 것을. 문명 안에서 고통받고 지칠 때 우리는 자연 안에서 위로를 받는다. 자연의 한 페이지에 우리가 있으니까.

강과 눈雪

기오슈 카르두치

고요히 내린다. 잿빛 하늘에서 눈이 내린다.
도시의 고함도 소요도 이미 일어나지 않는다.

장사꾼의 고함도 달리는 수레바퀴의 소리도 없다.
사랑과 청춘의 즐거운 노래도 이미 들리지 않는다.

무거운 대기 속 흐릿한 뾰족탑으로부터 귀에 거슬리게
시대는 신음을 한다. 마치 세월에서 떠나온 세계의 한숨과 같이.

헤매는 새들은 불타는 유리창을 끈기 있게 두드리네.
내 영혼의 벗들은 돌아와 응시하며 나를 부르네.

그리운 것들아, 어서 조용하라. 오, 불굴의 심장이여 —
내 고요를 향해 내려가 그늘 속에 쉬리니.

60
일
밤

"헤매는 새들은 불타는 유리창을 끈기 있게 두드리네. / 내 영
혼의 벗들은 돌아와 응시하며 나를 부르네."

불타는 유리창을 두드리는 새들이 내 영혼의 벗일까. 불타는
세계 안에서 나오라고, 그곳에서 나와 고요 안으로 들어가 쉬
라고, 벗들이 부른다. 고요 안의 쉼. 강에 눈이 내리면 녹는다.
깊은 고요가 강의 밑바닥에 있다.

같은 이야기

세사르 바예호

나는 신이
아픈 날 태어났습니다.

내가 살아 있고, 내가 나쁘다는 걸
모두들 압니다. 그렇지만
그 시작이나 끝은 모르지요.
어쨌든, 나는 신이
아픈 날 태어났습니다.

나의 형이상학적
공기 속에는 빈 공간이 있습니다.
아무도 이 공기를 마셔서는 안 됩니다.
불꽃으로 말했던
침묵이 갇힌 곳.

나는 신이
아픈 날 태어났습니다.

형제여, 들어보세요, 잘 들어봐요.
좋습니다. 1월을 두고
12월만 가져가면

안 됩니다.
나는 신이
아픈 날 태어났다니까요.

모두들 압니다, 내가 살아 있음을.
내가 먹고 있음을…… 그러나,
캄캄한 관에서 나오는 무미無味한
나의 시 속에서
사막의 불가사의인 스핑크스를 휘감는
해묵은 바람이 왜 우는지는
아무도 모릅니다.

모두들 아는데…… 그러나 빛이
폐병 환자라는 건 모릅니다
어둠이 통통하다는 것도……
신비의 세계가 그들의 종착점이라는 것도……
그 신비의 세계는 구성지게
노래하는 곱사등이이고, 정오가 죽음의 경계선을
지나가는 걸 멀리서도 알려준다는 것을 모릅니다.

나는 신이

아픈 날 태어났습니다.

아주 아픈 날.

61
일
밤

어떤 시는 첫 구절만 읽고도 세상의 모든 비의가 들어있는 기분이 든다. 신이 아픈 날 태어난 것이 우리라니. 신의 상처이자 고통이 우리라니.

예언자

알렉산드르 푸시킨

메마른 영혼은 괴롭다.
나는 걷는다, 음울한 광야를

여섯 나래의 천사가
방황하는 나의 앞에 나타나
꿈결처럼
가벼운 손길로 내 눈을 쓰다듬는다,

예언하던 나의 눈동자는
놀란 독수리의 눈처럼 커진다,

그가 내 귀를 만질 때
내 귀는 소리와 진동으로 가득차고
이제 나는 듣는다,
하늘의 움직임, 창공을 치는 천사의 나래, 깊은 바다의 파도치
는 물결, 그리고 골짜기 넝쿨이 자라는 소리를.

그는 나의 입에 고개 숙여
죄 많은, 그리고 거짓되고 수다스런
나의 혀를 잘라 버렸다,

그의 피 묻은 오른손은
생명 잃은 나의 입 안에
지혜로운 뱀의 혀를 심었다,

그는 긴 칼로
나의 가슴을 베고
숨 쉬는 심장을 뽑아 버리고서
불에 달은 석탄 덩어리를
갈라진 가슴에 대신 넣었다,

시신처럼 나는
황량한 사막에 버려졌다,
그때 신의 음성이 나를 깨웠다,
"일어나라 예언자여
보고 그리고 들어라
나의 의지를 심고
태양과 대륙을 돌아
그대 목소리가
인류의 가슴을 불타게 하라."

62
일
밤

예언자의 운명은 한 번 죽어야 시작된다. 거짓된 삶이 한 번 죽고, 처절하게 죽고, 신의 목소리로 다시 깨어난다. 시인의 운명도 비슷하지 않을까. 언어 이전의 무엇이 죽고, 시의 언어를 통해 새로운 목소리를 입는다.

래트맨 Ratman

(세상은 줄곧 나를 가지고 실험을 해왔지만……)

나는 얼마나 끈질긴가.

유사 이래, 쥐도 새도 모르게 행해지던 작전은 번번이 실패하였다. 언제나 나가떨어지는 쪽은 새였으니까. 실험이 끝나면 나는 적 많은 무적이 되어 있었다.

퍽 싱거운 인생이라고 할지도 모르겠다.

독 안에 들 때도 있었지만, 그 독이 얼마나 넓고 청결한지는 아무도 몰랐지. 마치 세상의 모든 고양이들이 내 생각만 해주는 것 같았으니까.

알다시피 볕은 쥐구멍에만 들었다. 나는 구멍을 활짝 열어 선탠을 하기도 했다. 그러니

얼마나 독한가, 나는

고양이를 만나도 겁을 먹지 않았다. 쥐 잡듯 고양이를 잡았다. 쥐가 쥐꼬리를 물고, 쥐꼬리만한 월급을 물고 달아나는 것은 다

옛날 일이지.

나는 질적으로는 열세였지만, 양적으로는 우세였다. 새 편이었
던 사람들이 모두 내게 붙었으니까. 나는 새 편을 얻은 것이다.
확실히 그들은 흐름을 안다. 큰 그림을 볼 줄 안다. 아, 고양이가
쥐에게 쥐여주는 권력은 얼마나 달콤한가! 나는 독사같이 더
커지고 독주같이 더 즐거워진다. 독종같이 더 빤빤해진다.

이제 남겨진 것은
쥐 뜯어먹은 것 같은 세상.

나는 이 세상을 쥐락펴락한다. 너희들을 가두고(쥐Lock), 너희
들을 흔들고(쥐Rock), 급기야 너희들을 기쁘게 한다(쥐樂), 펴락
처럼, 필요악처럼.

쥐 죽은 듯 조용해져
우리는 이제 사이좋게 쥐가 난다.
우리에서 나는 빠져 있다.
무리에서 나는 이탈해 있다.

그래도 된다. 그때만큼은

세상의 중심이 내가 되는 거 같으니까.
뒷걸음치다가 쥐라도 잡을 수 있을 거 같으니까.

누가 흘리고 간 치즈라도 어디 없나 고개를 갸웃거린다.
더 크고 더 즐겁고 더 빤빤한
캣우먼(Catwoman)이 나타나자
우리는 판을 깨고
쥐대기로 모여 쥐걸음을 친다. 다리에서
쥐가 놀기 시작하는 것이다.

푸념이 끝나자 나는 적 많은 유적이 되어 있었다.
저 세상이 성큼, 내 앞으로 다가왔다. 까마귀 난다. 쥐落

63
일
밤

쥐구멍에도 볕 들 날이 있다는 속담을 좋아하지 않았다. 그만큼 삶이 힘드니까, 위로하기 위한 말이라고 생각했다. 쥐. 약자를 지칭하는 말이겠지. 고통받는 사람들에게도 한줄기 빛이 비춘다는 말이겠지. 하지만 속담의 일차적인 의미를 시인처럼 다르게 바라보는 순간, 세상이 달라진다. "나는 이 세상을 쥐락펴락한다." 적이 많은 무적, 적이 많은 유적, 유쾌한 독종이 된다. 어차피 쉽지 않은 것이 삶이라면 좀 독하게 즐겨도 되지 않을까. 경직된 무리에서 이탈한 자의 자유로움과 아름다움이란, 독하게 즐길 줄 안다는 것이 아닐까.

작은 과꽃

익사한 짐마차꾼이 수술대에 올랐다.

누군가 그 이빨 사이에 짙은 보라색 과꽃을 끼워 넣었다.

긴 칼로 가슴에서부터 절개를 하며

피부 아래로

혀와 잇몸을 자르는 동안

내가 그것을 건드렸는지,

뇌로 빨려 들어갔다.

나는 몸을 꿰맬 때 꽃을 집어 흉강에 꽂아주었다.

너의 화병에서 마음껏 마시고

편히 쉬어라,

작은 과꽃아!

64

일
밤

익사한 시체에서 과꽃을 발견한다. 죽은 몸속에도 꽃이 있고,
죽음 이후에도 꽃은 흉강에 살아있고.

허니밀크랜드의 영원한 스무고개   유형진

– 나는 무엇일까요?

첫 번째 고개

당신은 기체입니까, 액체입니까, 고체입니까?

– 나는 기체였다가 액체였다가 고체였다가 다시 액체였다가
기체가 됩니다.

두 번째 고개

생물입니까, 무생물입니까?

– 무생물이었다가 생물이었다가 다시 무생물이 됩니다.

세 번째 고개

식물입니까, 동물입니까?

– 일부는 식물인데 일부는 동물입니다. 그러나 결국은 아무것
도 아닙니다.

네 번째 고개

어디에 삽니까?

– 아인슈타인이 살아 있다면 나의 존재 위치를 계산해달라고
하고 싶습니다.

다섯 번째 고개
깨어 있습니까? 잠들어 있습니까?
– 지금은 깨어 있습니다.

여섯 번째 고개
그러면 언제 잠이 듭니까?
– 모두가 깨어 있을 때 잠이 듭니다.

일곱 번째 고개
모두는 누구를 말합니까?
– 존재하는 모두를 말합니다.

여덟 번째 고개
마지막으로 잠든 때가 언제입니까?
– 기억할 수 없습니다.

아홉 번째 고개
당신에게 잠이란 무엇입니까?

– 자작나무 숲의 울창한 가지 사이로 내리는 햇살, 벌레를 물고 온 어미 새가 보소소한 아기 울새들에게 날아왔을 때 아기울새들이 부리를 더 크게 벌리려고 우는 지저귐, 거칠었던 바위 조각이 둥글게 닳아빠지는 냇물 속 조약돌의 돌돌거리는 움직임, 그리고 참나무에 도토리가 영글어 카펫 같은 이끼 위로 툭 떨어지는 소리, 작은 발자국의 다람쥐가 다가와서 그것을 주워 삼켜 양 볼이 볼록해지는 것, 어느 가지에서 수리부엉이가 후드득 날아가는 소리입니다.

열 번째 고개
그것은 낮의 숲 속 풍경, 자연 다큐멘터리의 장면 같습니다. 왜 그것을 잠이라고 하십니까?
– 나에게 단어는 사전적 정의가 아닌 체험입니다.

열한 번째 고개
당신은 자연의 일부분입니까?
– 그럴 수도 있지만 아닙니다. 나에게 자연은 잠처럼 이물적인 존재입니다. 이제 받을 수 있는 질문이 아홉 개밖에 안 남았습니다.

열두 번째 고개
알겠습니다. 아무리 해도 스무 개의 질문만으로 당신을 맞출수 없을 것 같습니다. 하지만 계속 질문하겠습니다. 당신이 기체였던 때를 알고 싶습니다. 그때 가장 인상 깊었던 기억을 이야기해줄 수 있습니까?

— 모든 움직임들이 나를 통과했고, 모든 소리들이 나를 울렸습니다. 뜨겁게 달구어진 바다 위에서 나는 높이 날아 올랐습니다. 적당히 당겨진 바이올린의 현 위에서 나는 떨렸습니다. 빗방울이 떨어지는 보도블록 위에서는 여기저기 뒹굴었습니다. 그리고 어느 집 처마 밑에 웅크리고 있던 '미드나잇'이라는 검은 고양이의 보드라운 등을 쓰다듬으며 하늘 높이 날아올랐습니다. 미드나잇은 켄터키 주 윌모어에 현재 살고 있는 고양이입니다.

열세 번째 고개
당신은 바람입니까?
— 아닙니다.

열네 번째 고개
구름 위 달빛입니까?
— 아닙니다.

열다섯 번째 고개
아이의 꿈에 나오는 빛나는 작은 별입니까?
— 아닙니다.

열여섯 번째 고개
당신이 액체였던 때를 알고 싶습니다. 그때 가장 인상 깊었던 기억을 이야기해줄 수 있습니까?

– 검은 바닥을 흐르고 있었습니다. 앞도 보이지 않고 밑도 끝도 없는 암흑이었습니다. 흐르고 흐르다 무엇인가 딱딱한 것에 막혀 멈추었습니다. 그 멈춤이 얼마나 오랫동안이었는지 알 수 없었습니다. 어느 날 깜깜하고 딱딱한 것이 깨지고 다시 흘렀습니다. 흐르고 흐르다가 조금씩 흐릿하게 밝아졌습니다. 그러다 점점 하얗게 되고, 투명해지다 보이지 않게 되었습니다.

열일곱 번째 고개
보이지 않게 되었는데 어떻게 존재합니까?
– 보이지 않는다고 사라진 것은 아닙니다.

열여덟 번째 고개
당신이 고체였던 때를 알고 싶습니다. 그때 가장 인상 깊었던 기억을 이야기해줄 수 있습니까?
– 고체 상태로 있었던 때는 말하고 싶지 않습니다.

열아홉 번째 고개
당신은 기체와 액체, 고체 상태를 다 겪었다고 말하였습니다. 그중 가장 좋았던 상태는 언제였습니까?
– 고체였을 때입니다.

스무 번째 고개
결국 마지막 질문입니다. 당신은 무엇입니까?

− 이제 모든 물음을 소진한 채, 내가 무엇인지, 누구인지 알 수 없게 되고 영원의 스무고개는 끝났습니다.

65
일
밤

정체를 뒤섞어버리는 이러한 스무고개는 정말 놀라운 것 아닌
가. 정체성은 언제나 변화하기 위한 가능성으로 충만한 것 아
닌가. 나는 결정되지 않는다. 우리가 계속 달라지는 과정에 있
다고 생각하니 흥미롭고 신기하다.

✦ 곤충

곤충이 전류 같은 속도로 번식했다.
지층의 부스럼을 핥아먹었다.

아름다운 옷을 뒤집어쓰고 도시의 밤은 여자처럼 잠들었다.

나는 지금 껍질을 말린다.
비늘 같은 피부는 금속처럼 차갑다.

얼굴의 반쪽을 채운 이 비밀을 아는 이는 없다.

밤은, 도둑맞은 표정을 자유자재로 회전시키는 멍든 여자를
열광시킨다.

66
일
밤

고통은 인간을 다른 존재로 만든다. 어떤 고통은 밤처럼 깊고
어둡다. 우리의 얼굴이 반쯤 다른 존재가 되어있기도 한다. 멍
든 여자들이 깊고 어두운 밤의 난간에서 춤추게 한다.

상처

조르주 상드

덤불 속에
가시가 있다는 것을 안다.
하지만
꽃을 더듬는 내 손 거두지 않는다.
덤불 속 모든 꽃이 아름답진 않겠지.
그렇게라도 하지 않으면
꽃의 향기조차 맡을 수 없기에.

꽃을 꺾기 위해서 가시에 찔리듯
사랑을 얻기 위해
내 영혼의 상처를 견뎌낸다.
상처받기 위해 사랑하는 게 아니라
사랑하기 위해 상처받는
것이므로.

67
일
밤

사랑의 다른 이름은 상처일지도 모른다. 사랑이 시작되면 상처도 시작된다. 사랑은 사랑하는 대상과 동일하고자 하는 욕망을 벗어나기 힘들고, 완벽하게 동일한 사람이란 없으므로 상처가 시작되는 것이다. 사랑으로 서로의 상처를 감싸기도 하고 사랑 때문에 상처가 생기기도 하고……. 상처로 가득한 마음이 그래도 빛나는 건, 사랑의 아이러니가 우리를 설레게 하기 때문일까. 기꺼이 그 상처의 향연으로 들어가고 싶은, 사랑의 에너지 때문이 아닐까.

고단한

엘라 휠러 윌콕스

오늘 밤 나는 고단합니다. 무언가
바람이, 비가
그것도 아니면 저 밖 잡목림에서 새의 울음이
과거와 함께 그 고통을 되살립니다.
이렇게 앉아 생각하다 보니
오래전 유월의 그 손길이
느슨해진 내 심장의 현을
탱탱하게 조율하는 것만 같습니다.

오늘 밤 나는 고단합니다. 당신이 그리워
당신을 기다립니다. 사랑이여, 눈물과 함께
떠나는 당신을 본 게 오늘인 것만 같아요.
당신은 오래전에 떠났지만,
외로움은 지금에서야 엄습하는군요.
나는, 참으로 오랫동안 혼자였건만.
내 심장의 현은 조율이 잘 되었지요.
그러나 그 옛날의 음색은 아닙니다.

나는 고단합니다. 오래전 비애가
내 영혼의 침상을 급습합니다.
댐의 통제를 벗어나

격동하는 강물처럼.
가슴은 난파하고
하얀 돛을 단 난파선처럼
그 손길이 내 심장의 현을 뜯으니
통곡 소리만 찢기듯 울립니다.

68

일
밤

"오래전 비애가 내 영혼의 침상을 급습합니다." 친구들과 커피를 마시면서도 오래전 비애를 목도할 때가 있습니다. 그럴 때는 목에서 비릿한 피냄새가 나는 것만 같습니다. 친구들은 떨리는 내 목소리를 들으면서, 함께 아파합니다. 잊지 못하죠, 오래전, 끝도 없는 비애는. 우리는 함께 비릿한 시간 속으로 들어갑니다. 나는 참으로 오랫동안 혼자였지만, 지금은 아닙니다. 친구여, 서로 공감하고 아파하는 우리 사이는 그렇습니다.

◆ 슬픔

엘리자베스 배럿 브라우닝

당신에게 말할게요, 절망적인 슬픔은 냉담한 것이라고,
절망을 알지 못하는, 깊은 고뇌를 모르는 자들만이
한밤중의 허공으로 신을 향하여,
요란하게 외치며 원망하지요.
완전한 황량함은, 사막에서처럼 영혼에 있어서도,
헐벗은 침묵 속에 있어요, 모든 것을 메마르게 하고,
수직으로 눈부시게 하는, 절대적인 하늘 아래.
슬픔을 깊이 느끼는 사람은, 죽은 이에 대한 슬픔을
죽음을 대하듯이 침묵 속에 나타내지요.
마치 기념비적인 조각상처럼,
영원히 지켜보며, 한결같은 슬픔 속에
마침내 자신이 허물어져 바닥의 먼지가 될 때까지.
만져 보세요, 그 대리석의 눈꺼풀은 젖지 않았으니,
만약 그것이 울 수 있다면, 일어나 떠날 수 있을 거예요.

69

일
밤

슬픔이 깊어지면 침묵이 된다. 돌이 된다. 가끔 장례식장에서 울지 않는 상주를 볼 때가 있다. 문상객들은 수군거리고 험담을 하기도 한다. 상주가 왜 울지 않느냐고. 나는 가끔 상주의 깊은 눈을 볼 때, 그런 생각을 한다. 저 사람은 돌이 되었다. 저 사람은 침묵이 되었다. 돌이 된 사람, 침묵이 된 사람은 울 수 없다. 너무 깊은 슬픔은 사람을 무생물로 만들기도 한다. 무생물은 움직일 수 없다. 대리석은 일어날 수 없다.

수학자의 아침

김소연

나 잠깐만 죽을게
삼각형처럼

정지한 사물들의 고요한 그림자를 둘러본다
새장이 뱅글뱅글 움직이기 시작한다

안겨 있는 사람은 보이지 않는다는 것에 대해
안겨 있는 사람을 더 꼭 끌어안으며 생각한다

이것은 기억을 상상하는 일이다
눈알에 기어들어 온 개미를 보는 일이다
살결이 되어버린 겨울이라든가, 남쪽 바다의 남십자성이라든가

나 잠깐만 죽을게
단정한 선분처럼

수학자는 눈을 감는다
보이지 않는 사람의 숨을 세기로 한다
들이쉬고 내쉬는 간격의 이항대립 구조를 세기로 한다

숨소리가 고동 소리가 맥박 소리가
수학자의 귓전에 함부로 들락거린다
비천한 육체에 깃든 비천한 기쁨에 대해 생각한다

눈물 따위와 한숨 따위를 오래 잊고 살았습니다
잘 살고 있지 않는데도 불구하고요

잠깐만 죽을게,
어디서도 목격한 적 없는 온전한 원주율을 생각하며

사람의 숨결이
수학자의 속눈썹에 닿는다
언젠가 반드시 곡선으로 휘어질 직선의 길이를 상상한다

70

일
밤

불가능한 것. "언젠가 반드시 곡선으로 휘어질 직선의 길이를
상상"하는 것. 불가능한 것을 상상하여 가능성으로 만드는 것.
그것이 시일 것이다. 단정한 선분처럼 잠깐 죽고, 삼각형처럼
잠깐 죽고. 그렇지만 영원히 살고.

나의 방랑

아르튀르 랭보

난 쏘다녔지, 구멍 난 주머니에 손 집어넣고
외투도 낡아버렸거늘.
나는 하늘 아래 나아갔고, 시의 여신이여! 난 그대의 충복이었네,
오, 랄라! 난 얼마나 장엄한 사랑을 꿈꾸었던가!

한 벌밖에 없는 바지에는 커다란 구멍이 하나 났었지.
─꿈꾸는 꼬마 몽상가인지라, 나는 길을 걸으며 시를 뿌렸지.
내 거처는 큰곰자리.
─하늘에선 나의 별들이 반짝이며 소근거렸지.

그래서 나는 길가에 앉아 별들의 속삭임을 듣고 있었지,
그 멋진 9월 저녁나절에, 이슬방울을
원기 돋구는 술처럼 이마에 느끼면서,

환상적인 그림자들 사이에서 운을 맞추고,
한발을 가슴께까지 끌어올리고 리라를 타듯
낡은 신발의 끈을 잡아당겼지!

71
일
밤

낡은 외투를 입고 바지에 커다란 구멍이 뚫려있지만 세상에 시를 뿌리는 소년이 있다. 꼬마 몽상가. 시의 여신에게 충성을 맹세한 소년. 그 소년은 온 세상을 놀라게 하는 천재 시인이 된다. 랭보라는 시, 시가 된 랭보. 그의 모든 방랑은 시가 되었다.

금양피 金羊皮

장 콕토

곱슬곱슬한, 가지런한, 고대 − 시간. 둘둘 말아 싼 널찍한 영원한 시간, 널찍한, 곱슬곱슬한 하여간 홈으로 판, 내가 상상한 지나간 고대 − 시간. 곱슬곱슬한 발을 한, 높다란 코, 머리에서 발까지 철두철미한 쭈글쭈글한 주름살.

둘둘 말아 싼 널찍한 영원한 시간. 곱슬곱슬한 널찍한 지나간 고대 − 시간. 널찍한, 곱슬곱슬한 말려 올라간 : 말려 올라간, 홈을 판, 날개 단, 주조한, 양털 같은 곱슬곱슬한, 축축한, 꽃장식한, 망울 맺힌, 이미 만발한 장미 한 송이. 조각한, 윤곽이 드러난 바다, 곱슬곱슬한 머리카락 기둥. 고대 − 시간, 곱슬곱슬한, 가지런한 : 이것은 영원한 청춘의 시간!

72
일
밤

양피지에는 비밀이 적혀있다. 고대의 시간이 담겨있다. 양피
지에 적힌 아름다운 비밀은 영원하고, 양털 같은 곱슬곱슬한
언어가 날린다. 우리에게도 떨어질 양털일 거야. 우리는 복슬
복슬한 그 언어를 껴입고 시,라는 영원한 청춘으로 머물 거야.

죽지 않는 문어

하기와라 사쿠타로

어느 수족관 수조에 한참을 굶주린 문어가 살았다. 지하의 어스레한 바위 그늘에, 유리 천장의 푸른 광선이 언제나 슬프게 떠다녔다.

그 어스름한 수조를 기억하는 이는 아무도 없었다, 이미 오래전, 문어는 죽었으리라 여겼다. 썩은 바닷물만이, 먼지 자욱이 햇살 스미는 수조 안에 담겨 있었다.

그러나 동물은 죽지 않았다. 문어는 바위 그늘에 숨어 있었다. 그리고 그가 눈을 떴을 때, 불행한, 모두에게서 잊힌 수조 속에서, 다음 날도 그다음 날도 무시무시한 배고픔을 견뎌야 했다. 먹이는 어디에도 없었다. 먹을거리가 완전히 동이 났을 때, 그는 자신의 발을 비틀어 먹었다. 먼저 하나를. 그다음 또 하나를. 끝내 다리가 모조리 사라졌을 때, 이번에는 몸통을 뒤집어 내장의 일부를 먹기 시작했다. 한 부분에서 다른 부분으로, 조금씩 순서대로.

그리하여 문어는 그의 신체 전체를 다 먹어치웠다. 외피와 뇌수와 위장까지도. 어느 곳 하나 남김없이, 완전하게.

어느 날 아침, 관리인이 문득 그곳을 찾았을 때, 수조 안은 텅 비어 있었다. 뿌옇게 먼지 쌓인 유리 안, 짙푸른 바닷물에는 나긋나긋한 해초만이 너풀거리고, 바위틈 어디에도 동물의 모습은 보이지 않았다. 문어는 실제로, 완전히 소멸하고 말았다.

그러나 문어는 죽지 않았다. 그가 사라진 후에도 변함없이 영원히 거기 살아 있었다. 낡고, 텅 비어, 모두에게서 잊힌 수족관 수조 속에. 영원히 – 아마도 몇 세기를 뛰어넘어 – 어떤 거대한 결핍과 불만을 지닌, 눈에 보이지 않는 동물이 살아 있었다.

73
일
밤

수족관에 생물을 가두어놓고 때가 되면 우리는 그것을 먹는
다. 관상용 생물은 좁은 공간에서 겨우 살아있다. 우리의 즐거
움을 위해서, 우리의 영양분을 위해서 우리는 생물을 가두고
바라보고 때로 먹는다. 그 와중에도 잊힌 존재가 있었다. 스스
로를 먹어 치우는 문어의 허기는 무엇이었을까. 모두에게 잊
히고 썩은 바닷물 속에서 생존하기 위해 스스로를 먹는 아이
러니는 얼마나 끔찍한가. 그렇게 영원히 상징으로 남은 문어
의 존재란 얼마나 스산한가.

218

희망

에밀리 브론테

희망은 소심한 친구였지,
창살 밖에 앉아,
내 운명이 어떻게 될지 지켜보며,
마치 이기적인 사람들과 같이.

그녀는 두려움에 차 있었지,
한낱 우울한 날 창살 틈으로 들여다보면,
그녀가 거기 있긴 했지만,
얼굴을 돌리고 떠나가버렸어.

가짜 간수처럼, 가짜 감시를 하면서
그녀는 여전히 평화를 속삭였어,
통곡할 때, 그녀는 노래했지,
그러나 내가 들으면 고요해졌어.

그녀는 거짓이었고, 무정했어,
나의 마지막 기쁨이 땅에 흩어질 때,
슬픔조차도 애통해하며,
그 슬픈 유물들이 흩어져 있는 걸 보았어.

그녀는 날개를 펼치고 하늘로 날아갔지,

돌아오지 않았어!

74
일
밤

희망은 내 주변을 뱅뱅 돈다. 절망에 빠져있을 때면 내게 더 큰 입김을 불어넣는다. 나는 그것을 눈치채지 못한다. 절망이라는 가장 친한 친구가 나에게 딱 붙어있기 때문에. 희망은 나를 감싸지만 나는 돌처럼 바닥에 얼굴을 대고 있다. 그것은 나를 스쳐 어디론가 흘러간다. 나는 홀로 남아있다. 벗어나야 한다. 나는 기다린다. 언젠가 돌아올 희망의 얼굴을.

◆ 삿포로 시

미야자와 겐지

멀리 비스듬히 기운 회색빛과
화물 열차의 흔들림 속에서
나는 솟구치는 슬픔을
토막토막 푸른 신화로 바꾸어서
북해도 개척 기념 느릅나무 광장에
힘껏 뿌렸지만
작은 새는 그것을 쪼아먹지 않았다

75
일
밤

북해도에 간 적이 있다. 눈 내리는 북해도. 폭설에 갇혀 잠시
동안 이상한 아름다움에 빠졌다. 폭설 안에서 사진을 찍었다.
온통 백색의 입자가 화면 가득 찍혔다. 무엇을 찍었는지 알 수
없었다. 북해도까지 들고 온 모든 슬픔이 백색의 입자로 흩어
지는 것만 같았다. 눈 내리는 밤, 북해도의 호텔 창문 안쪽에서
천천히 더께가 두꺼워지는 내 슬픔의 잔영을 바라보았다.

청시 青柿 백석

별 많은 밤
하늬바람이 불어서
푸른 감이 떨어진다 개가 짖는다

76
일
밤

가끔 시는 말이 필요 없다. 순간의 풍경을 가장 아름다운 언어로
잡아채기만 하면 된다. 백 년 전에 쓰인 말들도 살아 움직인다.

눈 雪

루이스 맥니스

방이 갑자기 풍부해졌다, 큰 창은
눈雪을 뿌리고, 창 안쪽엔 빨간 장미가
소리 없이 그와 나란히 그리고 모순되게 놓여있다.
세상은 우리가 생각하는 것보다 더 뜻밖이다.

세상은 우리가 생각하는 것보다 더 광기가 있고 사실 이상이
어서 어쩔 수 없을 정도로 다양하다. 나는 오렌지 껍질을
벗기고 쪼개고 씨를 토하면서,
사물의 다양함에 취하는 것을 느낀다.

그리고 불이 끓는 물소리와 더불어 탄다, 왜냐하면 세상은
우리가 상상하는 것보다 훨씬 심술궂고 쾌활하다—
혀에, 눈에, 귀에, 두 손의 손바닥에서—
눈과 빨간 장미 사이에는 유리 이상의 것이 있다.

77
일
밤

세상은 우리가 생각하는 것 이상이며, 광기가 담겨있고, 심술 궂다. 그것이 세상인데. 알면서도 세상은 무엇인가 싶다. 이 세상에서 우리는 무엇인가 싶다.

꿈

사가와 치카

한낮의 벌거벗은 빛 속에서만 무너지는 현실. 모든 뼈는 희다. 투명한 창문에 등을 댄 채 여자는 설명할 수 없다. 다만 여자의 반지만이 몇 번이고 반사될 뿐. 화려한 스테인드글라스, 허황된 시간. 그것들은 집을 우회하여 번화한 길을 택한다. 땀에 젖은 어두운 잎. 그 위로 불어 대는 바람은 절름발이처럼 움직일 수 없다. 어둠의 환영을 거부하며, 나는 알고 있다. 사람들의 불신을. 밖에서는 짠 공기가 혼을 빼앗고 있다.

78

일
밤

너무 밝은 빛 아래에서 나는 허리가 굽는다. 이렇게 정확하고 깨끗한 빛이란, 무엇일까. 나는 빛 속에 노출되어 점점 더 작아진다. 조금씩 붕괴한다. 한낮의 명확한 빛. 어둠 속으로 도망가고 싶어.

✳ 후회

내 주변을 맴도는 유령이 있는데, 그것은 후회입니다.
그림자 같은 어슴푸레한 생명체,
얼굴은 아름답고, 모든 이가 알고 있지요.
슬픈 기운과 영원히 젖은 눈빛.
어느 누구도 그녀를 찾으려 하지 않지만
한번 만나면 모두 그녀 손을 잡고
오래전 지나갔던 그 길로 여행을 하게 됩니다.
그 신성한 길은 잊어버리는 편이 더 현명합니다.

어느 날 그녀는 나를 그 잃어버린 땅의 문으로 이끌고
들어가라고 했지만 난 거절했어요!
"아뇨! 나는 내 용감한 동지인 운명과 함께 나아갈 겁니다;
당신에게 낭비할 눈물이, 시간이 나에겐 없어요.
높은 곳에 오를 힘을 비축해야 합니다.
당신이 내 친구가 아닌 게 나에겐 다행입니다."

79

일
밤

후회라는 유령. 언제나 내 주변을 맴도는 유령. 이제는 친구
같은 유령. 후회는 좋지 않다. 후회는 과거를 붙들고 놓지 않
는 힘이다. 후회는 한 번만. 그리고 이제 나아가자. 유령의 한
기를 뚫고. 툭툭 바지를 털고 일어나서. 한 발자국, 한 발자국.

외로움과 싸우다 객사하다

나혜석

가자! 파리로.
살러 가지 말고 죽으러 가자.
나를 죽인 곳은 파리다.
나를 정말 여성으로 만들어 준 곳도 파리다.
나는 파리 가 죽으련다.
찾을 것도, 만날 것도, 얻을 것도 없다.
돌아올 것도 없다. 영구히 가자.
과거와 현재 공_호인 나는 미래로 가자.

四남매 아해들아!
에미를 원망치 말고 사회제도와 잘못된 도덕과 법률과 인습을
원망하라.
네 에미는 과도기에 선각자로 그 운명의 줄에 희생된 자였더
니라.
후일, 외교관이 되어 파리 오거든
네 에미의 묘를 찾아 꽃 한 송이 꽂아다오.

80

일
밤

앞서 나가는 사람은 언제나 아프다. 누군가가 이끌어줄 수 없기 때문이다. 스스로가 스스로를 이끌어가야만 하기 때문이다. 사회는 모험과 혁명을 두려워한다. 우리도 두려워한다. 새로운 것은 늘 우리를 설레게 하지만, 공포로 밀어 넣기도 하기 때문이다. 아득히 먼 곳에서 오는 별빛은 지구를 둘러싸고 있는 대기층을 통과하여 우리 눈에 비치는 것이라고 한다. 앞서 나가는 자들은 아득히 먼 곳을 돌아 이제 우리 앞에 와서 빛을 내는 것일까. 앞서 나간 여성은 파리로 상징되는 미래로 나아가려 한다. 먼 곳을 돌아 우리에게 빛으로 도착한다.

✦ 지상의 시

태초에 말이 있느니라……
인간은 고약한 전통을 가진 동물이다.
행위하지 않는 말,
말을 말하는 말,
이브가 아담에게 따준 무화과의 비밀은,
실상 지혜의 온갖 수다 속에 있었다.

포만의 이야기로 기아를,
천상의 노래로 지옥의 고통을,
어리석게도 인간은 곧잘 바꾸었었다.
그러나 지상의 빵으로 배부른 사람은
과연 하나도 없었던가?
신성한 지혜여! 광영이 있으라.

온전한 운명이란, 말 이상이다.

단지 사람은 말할 수 있는 운명을 가진 것.

운명을 이야기할 수 있는 말을 가진 것이,

침묵한 행위자인 도야지보다 우월한 점이다.

말을 행위로,

행위를 말로,

자유로 번역할 수 있는 기능.

그것이 시의 최고의 원리.

지상의 시는

지혜의 허위를 깨뜨릴 뿐 아니라,

지혜의 비극을 구한다.

분명히 태초의 행위가 있다……

시는 언어의 향연이다. 늘 이것이 함정. 언어란 무엇일까. 시
는 아름답고 위험하고 슬프다. 늘 이것이 함정. 인간의 언어는
무한한 가능성이지만 무한한 한계이다. 우리의 마음이 언어로
다 전달이 안 된다. 지혜를 전파하는 것이 문학은 아니고, 지혜
를 뛰어넘는 것이 문학이겠다. 그렇다고 '도야지'보다 위대한
것인지는 잘 모르겠다. '도야지'도 자신만의 존재로 빛난다. 인
간의 우월성을, 인간 언어의 우월성을 '도야지'의 존재로 확인
받는 것은 이상하다. 우월성이란 무엇일까. 언어를 이야기할
때 위계가 필요한가. 그저 시는 즐겁고 슬프고 이상한 무엇이
다. 우리 언어가 가진 빛이다. 시는 그것일 뿐.

수탉과 진주

장 드 라 퐁텐

어느 날 한 마리의 수탉이 우연히 진주를 골라내어 그것을
처음 마주친 어떤 보석상에게 주면서 말했습니다.
"보기엔 아름답지만
아주 조그만 좁쌀알이
나에게는 더 낫답니다."

한 무식한 사내가
유산으로 책을 받고 이웃 책방에 가지고 가서 중얼거리기를
"이것은 좋은 책이지만
한 푼의 은전이
나에게는 더 낫지."

82
일
밤

어리석은 일들이 있다. 눈앞의 이익만을 생각할 때가 있다. 진주보다 당장의 쌀알이, 책보다 당장의 은전이 중요하다니. 왜 더 멀리 보지 못할까?

거리의 움직임

블라디미르 마야콥스키

차양 아래 서 있는 사람들의 낡아 빠진 얼굴엔 곰팡이
홈통의 상처에서 흘러내리는 과일 즙
채색된 글자가 나를 뚫고
청어색 달빛 속을 뛰어다녔다.

나는 내 발걸음을 말뚝처럼 쾅쾅 박는다.
거리의 탬버린으로 튀기는 파편.
보행에 싫증난 전차
뾰족한 창들이 십자가처럼 빛난다.

애꾸눈 광장이 외눈을 받쳐 들고
슬금슬금 다가올 때
하늘은 눈 없는 바실리스크처럼
수은등에 서린 연기를 바라보았다.

83
일
밤

근대의 도시 계획은 성공했고, 우리에게 도시라는 새로운 세계를 선사했다. 인공물들은 우리의 시간과 공간을 구획 지었고, 확장했고, 우리를 잠들지 못하게 했다. 전기를 켜놓으면 밤이 반쯤만 찾아왔다. 도시라는 공간은 매혹을 자아냈고, 그 매혹을 사기 위해 한밤까지 노동하는 사람들이 많아졌다. 근대는 어떤 면에서 실패했다. 하늘이 바실리스크처럼 수은등에 서린 연기를 바라보는 것처럼, 우리는 우리 자신에게 입김을 뿜어내는 중이다. 지구의 환경은 파괴되어간다. 마야콥스키는 알았을까. 이렇게까지 지구가 아파하리라는 걸?

봄은 고양이로다

이장희

꽃가루와 같이 부드러운 고양이의 털에
고운 봄의 향기가 어리우도다.

금방울과 같이 호동그란 고양이의 눈에
미친 봄의 불길이 흐르도다.

고요히 다물은 고양이의 입술에
포근한 봄졸음이 떠돌아라.

날카롭게 쭉 뻗은 고양이의 수염에
푸른 봄의 생기가 뛰놀아라.

84
일
밤

고양이는 아름답다. 고양이는 사랑스럽다. 고양이는 액체이고 고양이는 봄이다. 고양이는 식빵을 자주 굽고 고양이는 수정 같은 울음소리를 낸다. 고양이는 천재이고 고양이는 빛이다. 고양이는, 고양이는⋯⋯.

역설

에이미 로웰

한낮의 메마른 햇빛은
말라버린 단조로운 회색 해변을 달구고
햇볕에 바짝 마른 조약돌 위에는
좌초된 해파리 한 마리가 말랑하게 녹아있다.
그들이 다다르지 못한 바다가 멀리서
물기에 젖어 반짝거린다.
여기 표백된 물고기들의 해골은 전부
트레이서리처럼 닳아서 광이 나고
관절과 마디는 서로 단단하게 굳었다.
달을 쫓아간 바다가 돌아오기를 기다리다
생이 끝났고, 심장은 무더운 바람에 날렸다.
조개껍데기와 조약돌만이 밝게 씻기길 기다린다.
겨우 살아있는 것들은 어쩌면 시간이
고통을 감해줄 때까지 버티지 못하는지도.

85
일
밤

달을 쫓아간 바다는 돌아올까? 시간이 고통을 감해줄 때까지 버틸 수 있을까? 이런 질문은 우리의 마음을 아득하게 한다. 그래도 우리는 살아간다. 살아있음 자체는 빛을 품고 있다. 조금씩, 우리는 살아있음으로 빛을 만든다.

마왕

요한 볼프강 폰 괴테

누가 바람 부는 늦은 밤에 말을 타고 달리는가?
아이를 데리고 가는 아버지네,
팔에 소년을 보듬어 안았지,
얼마나 꼭 안았는지 소년은 따뜻해진다.

아들이여, 너는 왜 그렇게 불안하게 네 얼굴을 감추는가?
보세요, 아버지는 마왕魔王을 못 보시나요?
왕관을 쓰고 긴 옷자락을 끌고 있는 마왕을 못 보십니까?
아들이여, 그것은 넓게 퍼져 있는 띠 모양의 안개이구나.

"너 사랑하는 아이야, 오너라, 나와 함께 가자!
아주 멋진 놀이를 너와 함께 놀자꾸나.
수많은 꽃이 해변에 피어 있고,
우리 어머니는 금빛의 수많은 가운을 걸치고 있다네."

아버지, 아버지, 당신은 마왕이
내게 낮게 약속하는 저 소리를 못 들으시나요?
조용하거라, 조용히 있거라, 내 아이야!
마른 잎새에서는 바람소리 재잘거린다ー.

"고운 소년아, 너 나와 함께 가지 않으련?
내 딸들은 너를 기다리고 있단다.
내 딸들은 밤의 윤무輪舞로 너를 안내해
달래고, 춤추고, 노래 부른단다."

아버지, 아버지, 당신은 거기서
음습한 구석에 서 있는 마왕의 딸을 못 보십니까?
아들아, 아들아, 잘 보고 있지,
오래된 방목장이 그렇게 음울하게 보이는구나―.

"나는 그대를 사랑하네, 그대 아름다운 모습이 날 사로잡네,
그대 싫다면, 난 강압을 쓰겠네."
아버지, 아버지, 지금 그가 날 붙들어요!
마왕이 나를 괴롭혀요!

아버지는 소름이 끼쳐, 빨리 말을 타고 달리면서
팔 안에서 신음하는 아들을 안고 있네,
간신히 궁정에 이르렀으나,
그의 팔 안에서 아이는 죽어있네.

86
일
밤

아이의 눈에 마왕이 보인다. 아이는 공포와 불안에 흡수된다.
아버지는 아이를 품에 안고 달린다. 아이를 구하기 위한 아버
지의 쉼 없는 질주! 그러나 궁정에 도착하니 아이는 죽어있다.
그 마왕은 무엇이었을까? 죽음의 사신이 아니었을까? 모두의
간절함에도 불구하고 죽음은 우리를 끌어당긴다. 죽음은 인간
의 운명이다.

가을날

라이너 마리아 릴케

주여, 때가 되었습니다. 여름은 아주 위대했습니다.
당신의 그림자를 해시계 위에 놓으시고
벌판에 바람을 놓아주소서.
마지막 과일들을 충실토록 명하시고,
그들에게 보다 따뜻한 이틀을 주시옵소서.
그들을 완성으로 몰아가시어
강한 포도주에 마지막 감미甘味를 넣으시옵소서.

지금 집 없는 자는 어떤 집도 지을 수 없습니다.
지금 외로운 자는 오래도록 외롭게 살 것입니다,
잠 못 이루어 책을 읽고 긴 편지를 쓸 것이며,
잎이 지면 가로수 길을
불안하게 이곳저곳 헤맬 것입니다.

87
일
밤

아무 일도 없었다. 밤은 깊고 조용했다. 그런데 어린 나는 왜 잠을 이루지 못했을까. 아무런 불안 없이 아무런 고통 없이 그저 푹 자는 것이 어린이의 시간인데. 이상한 불안, 이상한 설렘, 이상한 흥분…… 아마도 책을 읽기 시작하면서부터였겠지. 넓은 세계가 펼쳐지고, 책 안에서의 모험들이 나를 들뜨게 했다. 보낼 대상이 없었지만 긴 편지를 쓰고 싶다고 생각했다. 모든 책을 작가가 내게 보낸 긴 편지라고 생각하고 읽었다. 그리고 나는 어느 순간부터 시,라는 긴 편지를 쓰고 있다.

✳ 자작나무

세르게이 알렉산드로비치 예세닌

내 창문 옆의
하얀 자작나무
마치 은으로 덮인 듯
눈이 덮여있다.

어린 가지 위에는
흰 눈의 장식
꽃이삭이 흰 술처럼
피어있다.

자작나무는 서있다.
고요함 속에,
금빛의 불꽃 속에서
눈이 반짝이고 있다.

노을은 게으르게
둘레를 돌아다니며
새로운 은가루를
어린 나뭇가지에 뿌렸다.

88
일
밤

자작나무가 서있다. 이 문장만으로도 설렘이 시작된다. 흰빛
을 뿜어내는 나무. 공중을 향해 곧고 길게 뻗은 나무의 몸. 자
작나무 위로 흰 눈이 내리면 세상은 아무 상처 없는 아름다운
빛무더기가 된다. 슬픈 기억을 묻으러 우리 함께 자작나무 숲
으로 가자.

저녁 별

사포

저녁 별은
찬란한 아침 햇살이
여기저기 뿌려놓은 것을
모두 제자리로 모아들인다.
양을 모아들이고
염소를 모아들이고
어머니 품 안으로
아기를 돌려보낸다.

89
일
밤

어린 시절에는 동네 친구들과 놀이터에서 시간 가는 줄 모르고 놀았다. 미끄럼틀, 정글짐, 고무줄 놀이까지……. 해가 질 때면 콧물이 줄줄 흐르고 땀범벅이 되었고 집집마다 아이들을 부르는 목소리가 놀이터에 울려 퍼졌다. 한때는 그런 시간이 저녁이었다. 종일 햇살 아래에서 신나는 놀이에 온 시간을 다 쏟고 엄마 품으로 돌아가는 시간. 매일매일 뭐 하고 놀 것인지 기대되고 온 세상이 재밌기만 하고 벅찼던 날들. 저녁이 사랑과 안온의 시간이었던 날들.

여름밤

안토니오 마차도

여름의 아름다운 밤.
고풍스러운 거리의 창이란 창
넓은 광장으로
담이 높다란 집들이 열어젖히고 있다.
돌로 만든 벤치와
포플라와 아카시아 가로수
인기척 그친
넓은 땅바닥 흰 모래 위에
검은 그림자를
줄지어 떨어뜨리고 있다.
하늘엔 달,
탑 위엔
반짝이는 시계의 글자판.
이 낡은 거리를 정처 없이
나는 홀로 헤매인다,
버림받은 사람처럼.

90
일
밤

여름밤은 홀로 거리를 돌아다니기에 좋다. 후덥지근한 공기 속에 낯모르는 사람들의 입김이 서려있고, 우리는 서로를 몰라서 좋다. 각자 홀로 걷고, 모르는 혼자들이 모여서 도시의 여름밤을 덥힌다. 도시의 익명성이 좋다. 버림받은 사람처럼 울기에도 좋다. 눈물인지 땀인지 알 수 없는 축축한 온도가 좋다.

나는 황금의
교회당을 보았다

윌리엄 블레이크

나는 온통 황금으로 뒤덮인 교회당을 봤네.
아무도 들어가지 못하고
많은 이들이 밖에서 울며
슬퍼하고 탄식하며 예배하고 있었네.

그리고 나는 하얀 문 기둥 사이에서
뱀이 일어선 것을 봤네.
그는 힘겹게 금색 문을 밀어
고요한 예배당 안으로 들어갔네.

뱀은 진주와 루비가 박힌 아름다운 바닥 위로
그의 끈적끈적한 몸을 끌었네.
마침내 흰 제단 위에 이르러

빵과 포도주 위에
그의 독을 토해놓았네.
나는 돼지우리로 돌아가
돼지와 함께 누워 잠들었네.

91

일
밤

신성은 황금이 아니지. 황금은 허상일 수 있지. 그 허상에 눈이 멀어 우리는 진리의 안쪽으로 들어가지 못하지. 우리가 어리석게 비워놓은 황금 안에 독이 서려있고, 우리 마음 안에서 독은 서서히 퍼지지.

간판에게

블라디미르 마야콥스키

철로 만든 책을 읽으라!
도금한 글자는 플루트
훈제 연어와 금발의 무가
플루트의 선율에 맞추어 기어간다.

〈마기〉 회사의 광고판이
개처럼 즐겁게 빙빙 돌고
장의사 건물은
석관처럼 음산하다,

음침하고 비통한 인간이
가로등을 꺼버릴 때
선술집의 하늘 아래서
도자기 주전자의 양귀비를 감상하라.

92
일
밤

친구야, 왜 나는 "음침하고 비통한 인간이 / 가로등을 꺼버릴 때"라는 문장에 자꾸 머무르게 되는 걸까. 도시의 밤이 우리를 빛나게 한다고 착각했던 순간이 있었지. 전기로 밝혀진 밝은 밤은 우리를 춤추게 하리라고. 우리는 밝아지는 일에 실패했어. 도시의 밤은 빛 반대편에 더 깊은 외로움을 드러내고 있었어. 하지만 가로등이 꺼질 때, 어둡고 슬픈 우리가 팔짱을 끼고 있었던 것을 기억해. 깊은 어둠 속에서 따뜻한 온도를 나누던 것을 기억해. 친구야.

시기리야의 길

페데리코 가르시아 로르카

검은 나비들 사이로
가무잡잡한 소녀 한 명이 간다.
안개의 하얀
뱀 옆으로

빛의 땅
땅의 하늘

결코 다다르지 않는 리듬의
두근거림에 묶여 간다.
은색 심장, 오른손에는 단도를
가지고 있다.

머리도 없는 리듬과 함께
어디로 가니, 시기리야?
석회와 협죽도의 네 고통이
어떤 달을 가질 것인지?

빛의 땅
땅의 하늘

93

일
밤

스페인의 플라멩코 장르 중 하나인 시기리야(Siguiriya). 18세
기부터 불려왔다고 한다. 깊고 어두운 내면을 표현하는 시기
리야의 창법은 비극적인 우울의 얼굴을 담고 있다. 삶과 죽음
그리고 사랑. 그것이 소녀의 신비로움일까. 리듬의 신비로움
일까. 삶도 죽음도 일종의 리듬이 아닐까.

고독의 깊이는 잴 수 없는 것   에밀리 디킨슨

고독의 깊이는 잴 수 없는 것
때는 곧 찾아오고
무덤에 들어가서야 비로소
그 크기를 알 수 있을 뿐

단 한 번의 응시만으로
스스로 소멸할지도 모르니
고독은 무서운 경종을 울려
이를 바라보지 못하게 하네

공포는 보이지 않고 어둠 속에 싸여있네
의식이 끊어져
굳게 잠가진 존재

이것이야말로 내가 두려워하는 고독
영혼의 창조자,
고독의 동굴과 고독의 회랑은
밝거나 혹은 어두움

94
일
밤

고독은 무엇일까. 고독은 자처하는 것일지도 모른다. 고독이 주는 텅 빈 풍요를 받아 안고 가려는 사람들이 있다. 고독은 용기이다. 용기 있는 자만이 고독을 받아들일 수 있다.

석양

폴 베를렌느

석양의 우울을
들판에 흩어 뿌리는
저녁 어스름.

석양에 자신도
잊는 내 마음,
부드러운 노래로
달래주는 우울.

그리고 모래톱 위의
석양빛처럼
주홍빛 유령으로
끝임없이 지나가는
기이한 꿈들,
모래톱 위의 위대한
석양빛 같은.

95
일
밤

시는 언어로 그리는 그림이다. 언어로 세계를 그린다는 것은,
쓰는 사람도 읽는 사람도 사랑과 슬픔 속으로 빠져든다는 것
이다. 시 안에 있는 석양이 지는 하늘은 그런 것이다.

흡흡게 恰恰偈

우두법융

적절히 마음을 쓰려 할 때는
적절히 무심無心을 쓰라.
자세한 말은 명상을 지치게 하고
곧은 말은 번거로움을 없애나니,
무심을 적절히 쓰면
항상 써도 적절히 없음이 되니,
이제 무심을 말하는 것이
유심有心과 전혀 다르지 않으리라.

96
일
밤

내가 가장 못하는 것이 있다면 마음을 적절하게 쓰는 일. 나의 마음은 늘 과잉되어있고, 흘러넘쳐서 문제이다. 과잉된 나의 마음이 상대방을 행복하게 할까? 마음을 마구 쓴다는 것은 나 자신을 위한 바보 같은 헤맴일 뿐, 상대방에 대한 배려는 부족한 것일지도 모른다. 적절하게 마음을 쓰고 적절한 무(無)를 행한다는 것은 나에게 가능한 일일까?

안빈낙도

이자현

집은 푸른 산봉우리에 있고
예전부터 내려오는 거문고도 있다
한 곡조 타도 방해될 일 없다지만
다만 알아주는 이 적은 것이 마음 쓰인다

97
일
밤

푸른 산봉우리에 집이 있고, 거문고를 탈 수 있다면 그것이 안 빈낙도라고 생각했던 시대가 있었다. 음악과 자연은 행복의 지표니까. 돈과 명예, 권력은 세속적인 것. 우리는 자연을 더 사랑해야 한다. 우리는 자연의 일부. 지구는 우리 때문에 병들어가고 있다. 안빈낙도는 우리의 마음과 행동에 달려있는 것.

리처드 코리

에드윈 알링턴 로빈슨

리처드 코리가 시내에 나갈 때면
길거리의 시민들은 늘 그를 주목했다.
그는 발끝에서 머리 꼭대기까지 신사였고
깔끔한 용모에다 또한 보기 좋게 말랐다.

그리고 언제나 점잖은 옷차림을 하고
이야기를 할 때면 인간미가 넘쳐흘렀다.
그가 "안녕하세요" 할 때 가슴이 떨렸고
그가 걸어가면 눈이 부셨다.

그리고 무엇보다 그는 부자였고 왕보다 부자였다.
감탄이 나올 만큼 우아함을 지니고 있었다.
말하자면 그는 어느 모로 보나
부러움을 사는 사람이었다.

그리하여 우리는 일을 하면서 그와 같은 행복을 기다렸고,
고기도 먹지 못하면서 빵을 저주했다.
그런데 어느 고요한 여름날 밤 리처드 코리는
집에 돌아가 제 머리에 총을 쏘았다.

98
일
밤

절망은 갑자기 온다. 아니다. 절망은 처음부터 우리 마음에 있었다. 하지만 행동은 갑작스럽다. 완벽한 사람은 없다. 모두가 부러워할 만큼 완벽해 보였지만 그의 절망은 마침내 그를 끌고 가버렸다. 언제든 절망이 자신을 잠식할 수 있다는 것, 우리의 진실 중 하나이다.

◆ 집시 세 사람

니콜라우스 레나우

언젠가 집시 세 사람이
버드나무 그늘에 있는 것을 보았다.
마침 내가 탄 수레가 천천히
삐걱거리며 모래밭을 지날 때였다.

한 사람은 바이올린을 가지고
저녁놀 어린 빛에 감싸여
황홀한 모습으로 불과 같은
열광적인 곡을 연주하고 있었다.

다른 한 사람은 입에 파이프를 물고
연기를 뿜어내고 있었다.
마치 이 세상에 그 이상 더
자기 행복에 도움이 되는 것은 없다는 듯이.

마지막 한 사람은 기분 좋게 잠자고 있었다.
그의 심벌즈는 나무에 걸려있고
바람이 불면 여린 소리를 내며
사내 가슴에 꿈이 깃들게 했다.

세 사람 모두 몸에 걸친 옷은
구멍투성이였고 때가 끼어있었다.
그러나 세 사람 모두 지상의 운명을
대담하게 자유로이 비웃고 있었다.

세 사람은 세 가지 모양으로 내게 가르쳤다.
이 인생이 어둡게 될 때
담배로 잠으로 바이올린으로
인생을 세 가지 모양으로 경멸하는 법을.

나는 수레를 타고 가면서
집시들을 언제까지나 바라보았다.
해에 그을린 그 붉은 얼굴을.
그리고 그 곱슬거리는 검은 머리카락을.

99
일
밤

욕망은 나를 살아가게 하는 힘이기도 하고, 살고 싶지 않게 하는 힘이기도 하다. 세속적인 성공. 가지고 싶고, 가질 수 없을까 봐 무섭기도 하고, 때로는 의미 없게 느껴지기도 하는, 롤러코스터. 누구나 세속적인 성공을 꿈꾼다. 하지만 그것으로 인해 병들고 싶진 않다. 가끔은 집시처럼 세속의 성공을 비웃을 수 있는 용기가 필요하다.

교감

샤를 피에르 보들레르

자연은 하나의 신전
살아있는 기둥에서 이따금 알 수 없는 말이 흘러나온다.
사람들은 상징의 숲을 지나 그곳을 지나가고
숲은 다정한 눈으로 그를 바라본다.

밤처럼 불빛처럼 넓은
깊고 참된 조화 속에서
기나긴 메아리가 멀리서 섞여들듯
향기, 색, 소리는 서로 응답한다.

오보에처럼 부드럽고 초원처럼 푸른
어린아이 피부 같은 신선한 향기
─썩고, 짙은 향기까지

감각의 황홀경, 영혼의 기쁨을 노래하는
용연향, 사향, 안식향, 향료 같은 것들이
끝도 없이 퍼져나간다.

100
일
밤

시는 그저 쓰는 것이다. 어느 순간 알 수 없는 것들이 들어와서 언어를 밖으로 불러내는 것이다. 언어가 살아서 움직이는 것이다. 나는 그저 시를 쓰는 도구가 될 뿐이다. 나는 평생 신비롭고 아름다운 교감에 붙들려있는 것이다.

에필로그

밤에 쉽게 잠을 이루지 못했다. 하루를 끝낸다는 것이 너무 아득했다. 그냥 이렇게 아무렇게나 흘러가는 것이 하루일까. 이상한 강박에 시달렸다. 의미 없이 엉망진창으로 하루를 마무리해도 될까. 잠깐이라도 잠이 들면 화들짝 놀라 깨어났다. 식은땀을 흘리곤 했다. 아직 아무것도 이루지 못했는데. 잠에 들지 마. 나 자신에게 가혹하게 속삭였다.

나는 나만의 수면 준비 운동으로 매일 한 편씩 시를 읽었다. 낡은 책장에 시집이 잔뜩 꽂혀있었고 어느 순간부터 그 시집들은 내가 돌보지 않아서 목소리를 잃어갔다. 시집은 식물하고 비슷하다. 물을 주듯이 쓰다듬어주고 표지를 펼치고 읽어주어야 한다.

나는 아무 시집이나 펼쳐 들었다. 그렇게 한 편씩 읽었다. 나의 밤은 덜 가혹해졌다. 웅녀처럼 백 일 이후가 되자 다른 밤이 되었다. 나의 밤은 아름다워졌다.

그 시간들을 여기에 기록했다. 아침에 읽어도 무방하다. 아침이 풍요로워진다. 백 일 동안 하루 한 편, 시를 읽는 삶이라니. 너무 근사하지 않은가. 다시 읽어도 좋다. 그럼 이백 일이 되고, 삼백 일이 되고……. 나는 아마도 그 시간들이 끊기지 않았기에 시인이 된 건지도 모른다. 그 풍요로움과 매혹들을 펼쳐 보이려고 했다. 잘 되었는지는 모르겠다. 그저 백 편의 시를 소개할 수 있다는 것만으로도 나는 두근거린다.

시 출처

내 청춘의 영원한_최승자
『이 시대의 사랑』, 문학과지성사

사랑 1_김남주
『김남주 시전집』, 창비

밤의 독서_이장욱
『영원이 아니라서 가능한』, 문학과지성사

묵화墨畵_김종삼
『김종삼 전집』, 나남

즐거운 편지_황동규
『삼남에 내리는 눈』, 민음사

정든 병_허수경
『혼자 가는 먼 집』, 문학과지성사

추락하는 것은 날개가 있다_잉게보르크 바흐만
『추락하는 것은 날개가 있다』, 자연사랑

나는_진은영
『우리는 매일 매일』, 문학과지성사

엄마 걱정_기형도
『입 속의 검은 잎』, 문학과지성사

유리병에 담긴 소식_남진우
『타오르는 책』, 문학과지성사

감자 먹는 사람들_김선우
『도화 아래 잠들다』, 창비

묘비명_김광규
『우리를 적시는 마지막 꿈』, 문학과지성사

산문시·1_신동엽
『신동엽 시전집』, 창비

나는 일요일의 휴식을 살핀다_기욤 아폴리네르
『가장 아름다운 괴물이 저 자신을 괴롭힌다』, 읻다

뱀_미즈노 루리코
『헨젤과 그레텔의 섬』, 읻다

칼로 사과를 먹다_황인숙
『슬픔이 나를 깨운다』, 문학과지성사

아이디어_비스와바 쉼보르스카
『충분하다』, 문학과지성사

이수역 7번 출구_최정례
『개천은 용의 홈타운』, 창비

친구들―사춘기 6_김행숙
『사춘기』, 문학과지성사

별과 침_최문자
『2016년 현대문학 수상시집』, 현대문학

국어선생은 달팽이_함기석
『국어선생은 달팽이』, 걷는사람

괴로운 자_김언
『백지에게』, 민음사

신은 웃었다_유계영
『이런 얘기는 좀 어지러운가』, 문학동네

다시, 불쌍한 사랑 기계_김혜순
『달력공장 공장장님 보세요』, 문학과지성사

래트맨Ratman_오은
『우리는 분위기를 사랑해』, 문학동네

허니밀크랜드의 영원한 스무고개 – 나는 무엇일까요?_유형진
『우유는 기쁨, 슬픔은 조각보』, 아침달

수학자의 아침_김소연
『수학자의 아침』, 문학과지성사

죽지 않는 문어_하기와라 사쿠타로
『가장 아름다운 괴물이 저 자신을 괴롭힌다』, 읻다

거리의 움직임_블라디미르 마야콥스키
『마야꼬프스끼 선집』, 열린책들

간판에게_블라디미르 마야콥스키
『마야꼬프스끼 선집』, 열린책들

같은 이야기_세사르 바예호
『오늘처럼 인생이 싫었던 날은』, 다산책방

백 일의 밤 백 편의 시

초판 1쇄 펴냄 2023년 4월 14일
　　2쇄 펴냄 2023년 6월 1일

엮고쓴이 이영주

펴낸이 고영은 박미숙
펴낸곳 뜨인돌출판(주) | 출판등록 1994. 10. 11. (제406-251002011000185호)
주소 10881 경기도 파주시 회동길 337-9
홈페이지 www.ddstone.com | 블로그 blog.naver.com/ddstone1994
페이스북 www.facebook.com/ddstone1994 | 인스타그램 @ddstone_books
대표전화 02-337-5252 | 팩스 031-947-5868

ⓒ 2023 이영주

ISBN 978-89-5807-954-5 03810